판소리 에스에프 다섯 마당

곽재식·김이삭·김청귤·박애진·전혜진 단편선

판소리 에스에프 다섯 마당

구픽

차례

춘향가를 가장
재미있게 듣는 법

곽재식

춘향가

판소리 열두 마당 중에서 현재까지 전승되는 다섯 마당 중 하나로 조선 후기의 신분 사회 제도의 모순을 드러낸 작품. 전라도 남원 기생 월매의 딸 성춘향과 남원 부사의 아들 이몽룡의 신분 차이를 뛰어넘은 사랑이 주 소재이며 현전 판소리 다섯 마당 중 음악적, 문학적으로 가장 뛰어난 작품으로 꼽힌다.

요즘은 로봇 외판원이 돌아다니는 곳이 많다. 외판원에게 가장 힘든 일이 무엇일까? 오래 걸어야 하는 것도 아니고, 문전박대도 아니고, 스스로도 전혀 믿지 않는 소리를 길게 떠들 때 생기는 마음의 황폐함도 아니다. 외판원에게 가장 힘든 순간은 하루 종일 돌아다니며 일을 했는데도 아무것도 못 팔았을 때의 낙심이다. 아무리 해도 성과가 없구나. 이 제품은 팔릴 제품이 아니구나. 나는 물건을 팔 재주가 없구나. 아무짝에도 쓸모가 없는 인생이구나. 왜 이렇게 되었을까. 다르게 살아야 할 텐데. 그 낙심이 외판원 일을 못하게 만든다.

그렇지만 로봇은 낙심하지 않는다. 하루 종일 문을 두드리며 돌아다니면서 1000군데쯤 거절을 당했다고 해도 로봇은 1001번째 문을 다시 밝은 목소리로 인사하며 두드린다. 낙심만 하지 않으면, 2000번째 건, 3000번째 건, 언제인가는 제대로 된 물주를 잡을 날이 온다. 그러면 그 물주에게 왕창 물건을 팔아 재낄 수 있다. 그래서 로봇 외판원 사업은 꽤 많은 인기를 끌었다.

내가 일하는 사무실에는 그런 로봇 외판원이 오지 않는다. 외판원뿐만 아니라 건물에 아무 로봇도 올 수 없게 되어 있다. 택배나 배달 물건을 시켜도 항상 건물 1층까지만 배달 로봇이 찾아온다. 나는 매번 1층에 내려가 그 물건을 직접 찾아가야 한다.

건물 주인이 로봇 반대주의자이거나 한 것은 아니다. 그냥 너무나 지독하게 낡은 건물이기 때문이다. 이 건물에는 로봇이 안전하게 운행할 수 있도록 돕는 장치가 아무것도 없다. 계단은 불규칙적으로 낡아 있어서 로봇이 자빠지기 딱 좋게 되어 있고, 사무실 호수도 자동 인식이 되지 않는 데다가 모든 표지판이나 표시가 다 낡아 있어서 "5층에서 오른쪽 네 번째 방"이라는 식으로 찾아가야 하는 곳이 많다. 심지어 GPS 신호가 끊기거나 이동통신 인터넷이 안 잡히는 지역도 복도 이곳저곳에 있다.

로봇 입장에서는 아무것도 보이지 않는 냄새 나는 하수구 한 켠이나 다를 바 없다. 그곳이 내 사무실이다.

그래서 나는 누가 나를 만나고 싶다고 해도 사무실에서 만나자고 하지는 않는다. 어두컴컴한 곳, 골목의 외진 곳, 알콜 중독자들이 벽을 기대고 주저앉아 밤새 히죽거리고 훌쩍거리며 술을 기울이는 곳. 그런 곳을 즐기고 좋아하고 사랑하는 사람이 있을까? 컴컴하고 외진 곳에서 밤새 히죽거리고 훌쩍거리는 알콜 중독자들도 이런 곳을 좋아하지는 않는다.

이 바닥에서 일을 하려면 유능하고 깔끔해 보이는 편이 유리하다. 그러려면 이런 곳에서 일하는 모습을 보이지 않는 편이 좋다. 그래서 나는 아무도 이곳으로 부르지 않는다. 그러니 사무실에 혼자 있으면 나를 찾아올 사람도 없다.

일거리가 없는 날을 보내다 보면 그 사실이 특히 싫을 때가 있다. 할 일이 없는데도 사무실에 나와 2020년대에 유행했다던 옛날 코미디 동영상 같은 것을 몇 시간이고 가만히 앉아서 보고 있으면 시간이 어떻게 흘러가고 있는지 잘 느껴지지 않는다. 어차피 햇빛은 전혀 들지 않는 사무실이라 아침이 된 건지 밤이 된 건지 시계를 보지 않으면 알기 어렵다. 사방이 컴컴한 방 한구석에 앉아 아무런 의미도 없는 이야기를 몇 시간씩 쳐다보면서 혼자 킥킥거리는 소리만 내고 있으면, 이 방 바깥의 온 세상이 멸망해 없어지고 여기만 남아 있는 것 같다. 사실은 여기가 제일 망한 곳이지만.

차라리 로봇 외판원이라도 찾아오면 좋겠다 싶었을 때, 문을 두드리는 소리가 들렸다.

"사무실에 있죠?"

"누구십니까?"

바깥에서 찾는 목소리가 들렸다. 문을 열어 보니 이 차장이었다.

"여기에는 왜 오셨습니까?"

"당장 급하게 부탁하고 싶은 일이 있어서."

"그냥 연락만 주셔도 됩니다."

"이렇게 직접 나타나서 말을 해야, 혹시 다른 일을 하고 있어도 중간에 내 일을 하도록 끼어들기가 좋지. 지금 다른 일거리 맡은 거 없죠?"

이 차장은 나를 잘 아는 사람이었다. 나는 대답했다.

"급하게 처리해야 하는 일이 한두 건 있기는 합니다."

"한두 건 있으면 있는 거지, 있는 편은 뭔데요? 사실은 할 일 없지만 괜히 있는 척하는 거지? 나한테서 원고료 많이 받아 보려고?"

이 차장은 확실히 나를 잘 아는 사람이었다. 나는 대답했다.

"무엇이든, 너무 급박한 일은 못합니다."

"알겠다니까. 급행료 겸해서, 원고료는 최고 수준으로 쳐 줄 테니까, 이번 건 하나만 적당히 그럴듯하게 이야깃거리로 만들어서 조사하고 영상 촬영해 달라고요. 원래

다른 건으로 내보낼 영상을 준비하던 게 있었는데, 그게 알고 보니까 이번에 정부에서 상업적으로 다루는 걸 금지하는 분야로 정해 놓은 규정에 걸리더라고. 그래서 갑자기 시간이 비는 거예요. 지금 뭐라도 내보낼 게 있어야 돼. 만약에 오늘 내로 20분짜리 정보성, 오락성, 화제성, 사회적 충격을 담은 영상을 안 만들어 오면 계획한 게 뻥 뚫리는 거예요. 큰일 난다고. 편집은 그냥 인공지능 프로그램으로 편집한 것도 받아 줄 테니까 영상하고 내용만 확실하게 해 주면 돼요. 응?"

"아무리 급행료를 주신다고 해도 어떻게 없는 시간을 만들어서 일을 하겠습니까?"

내가 그렇게 말하자, 이 차장은 잠깐 말을 멈추고 내 눈을 똑바로 들여다보았다. 나도 이 차장을 바라보았다. 눈동자가 크고 맑은 눈이었다. 사무실을 밝힌 유일한 싸구려 LED 조명이 그 눈에 반사되었다. 반짝거리는 반사광은 하늘에서 빛나는 행성과 다를 바 없어 보였다.

"좋아, 좋아. 알겠어요."

이 차장은 웃었다. 내 말을 속눈썹 끄트머리만큼도 믿지 않지만, 내가 얼마나 한심하고 불쌍한지는 알아보겠다는 뜻인 것 같았다.

"원고료는 최고 수준으로 해 주고. 교통비 따로 청구하면 출장비는 내어 줄게."

"출장비에 추가로 식비도 처리해 주십시오. 식당에서 식사하는 것 말고, 마트 같은 데 가서 식료품을 사 오면 그것도 식비로 처리할 수 있게 해 주셔야 합니다."

이 차장은 아까와 같은 눈빛으로 한 번 더 말 없이 나를 보았다. 눈동자가 더 커 보였다.

"그렇게 해 줄게. 대신에 당장 오늘 움직여서 내일까지 만들어 줘야 돼요. 내가 지금 이야기 해 주는 건으로 확실하게 쓸 수 있는 영상이랑 취재 내용을 가져 와야 우리가 당장 내일 아침에 방송사랑 언론사랑 각 채널별로 재미있게 포장해서 올릴 수 있으니까."

5분 후, 나는 교육청 앞으로 가는 자동 택시에 타고 있었다. 가면서 나는 내가 뭘 조사하러 가는 길인지 이 차장에게 듣고 있었다.

"학편교라고 들어 봤어요? 학생의 편에서 생각하는 교사들의 모임."

"들어 본 적은 있습니다만, 자세히는 모릅니다."

"거기 주최로 이번에 교육청 앞에서 시위를 하는데 규모가 상당히 커요. 사람들 중에는 이 시위를 굉장히 열성적으로 따라다니는 사람도 있는 것 같더라고요."

"무슨 내용으로 시위를 하는 겁니까?"

"그게 좀 이상한데요. 중학교 교과 과정에서 춘향가를 빼면 안 된다는 거예요."

"춘향가? 판소리 말입니까? 그게 그렇게 중요한 거였습니까?"

"몰라요. 그런데, 이 사람들은 엄청나게 진지해. 그래서 막 격하게 시위를 한다고요."

"이상한 이야기입니다. 예전에 중고등학교 수학에서, 함수랑, 극한이랑, 로그랑, 지수랑, 집합이랑, 부등식이랑, 방정식을 빼겠다고 했을 때에도 반대는 살짝 있었지만, 그래도 큰 문제 없이 그냥 추진되었던 것으로 기억합니다. 그런데 판소리 춘향가를 교육 과정에 넣느냐 빼느냐는 그런 것에 비하면 무척 작은 변화인 것 같은데, 고작 그걸 가지고 격렬하게 시위를 한다는 것은 좀 이상한 느낌입니다."

"그래서 지금 급하게 취재를 해서 뭐든 영상을 만들어 보라는 거예요. 이상하잖아요. 관심도 끌 것 같고."

교육청 앞에 도착하니 꽤 많은 사람들이 모여 있었다. 이 차장은 학편교라는 단체에 대해서 말했지만, 그 단체는 시위를 하는 많은 사람의 일부일 뿐인 것 같았다. 학생 편인 교사들만 있다면 이렇게 많은 사람들이 모일 수 는 없을 것 같다는 생각이 들었기 때문이다.

아예 교사가 아닌 사람들도 많이 있었다. 정치 단체나 사회 단체에서 나온 사람들도 있어 보였고, 제복을 입은 경찰관들도 시위하는 사람들 사이에 섞여 있었다. 시위를 막거나 질서를 유지하는 경찰은 따로 있었고, 그와는 별도로 시위에 스스로 참여 중인 경찰의 숫자가 꽤 많아 보였다.

사람들의 태도는 그런대로 진솔한 것 같았다. 나는 시위에 참여한 사람들 중에 가장 치졸하고 비겁해 보이는 사람이 누구인지 찬찬히 살펴보았다. 그런 사람이 보통 별별 이야기를 다 떠벌이며, 재미나게 꾸밀 수 있는 말을 많이 해 주기 마련이다.

"실례합니다만, 영상 촬영 잠깐 할 수 있겠습니까?"

나는 이 차장에게 건네받은 인터넷 미디어 회사 명함을 내밀었다. 내가 말을 건 사람은 비겁하기는 했지만 진솔한 사람이었다. 그러나 그가 하는 이야기 중에 좋은 이야깃거리는 거의 없었다. 실수였다. 두 번째로 내가 말을 건 사람도 시위에 참여한 다른 사람을 걱정하고 어떻게 시위를 잘 진행할 것인가에 관심이 많은 착한 사람이었다. 결국 다섯 번째 사람까지 가야 했다. 다섯 번째로 니가 말을 건 상대는 어떻게든 유명해지고 싶어하는 떠벌이였다.

"그러니까 지금 주장하시는 게, 춘향가를 공교육에서 삭제하면 안 된다는 게 맞습니까?"

"맞아요. 정확하게는 춘향가 몰입 감상을 빼면 안 된다는 거예요."

"춘향가 몰입 감상이라는 건 춘향가를 처음부터 끝까지 한 번 다 들어 본다는 뜻 입니까?"

"네. 몰입 감상 방법으로요. 보통 춘향가 내용을 판소리로 처음부터 끝까지 다 부르면 분량이 한 여덟 시간 정도 되거든요. 그걸 시간을 일부러 내지 않고 다 듣기는 쉽지 않으니까, 학교 공교육에서 시간을 할애해서 듣게 되어 있어요. 몰입 감상 방법으로요. 그런데, 이번에 그걸 뺀다고 해서, 저희가 절대 그러면 안 된다고 하는 거예요."

"교육 당국에서는 왜 춘향가를 뺀다는 거죠?"

"뭐, 딱히 별 이유도 없어요."

자신을 '물다람쥐'라고 소개해 달라고 하던 그 사람은, 자기도 교육 당국의 입장은 잘 생각이 안 나는지, 잠깐 말을 멈추고 생각했다.

"그… 뭐냐, 잘 모르겠지만, 뭐, 춘향가를 교육 대상으로 삼은 지 너무 오래되었다, 뭐 그런 게 크죠. 판소리 중에는 춘향가 말고도 다른 것도 많잖아요. 수궁가나 심청가나. 이제는 춘향가 대신에 그런 걸 해 보겠다는 거겠죠. 춘향가는 벌써 긴 세월 학생들이 듣게 했으니까요."

"이유가 그것뿐입니까?"

"춘향가 대신에 다른 것을 교육해야 한다는 교수나 학자들이 이런저런 이야기를 덧붙이기는 해요. 춘향가는 현대의 학생들에게 교육하기에 내용이 건전하지 않다, 남녀의 성역할에 대해 전근대적인 고정적인 관점을 강화해 주는 내용이다, 그런 이야기 하는 사람들이 많았죠. 그리고 요즘 시대에는 시도, 군구 공무원 집단에서도 사실 춘향가를 좀 싫어하는 것 같아요. 춘향가가 지방 공무원인 변 사또는 나쁜 놈이고, 중앙 공무원인 암행어사 이몽룡이 착하다, 뭐 이런 이야기 아니겠어요? 지방 행정은 인습에 의해 너무 부당하게 돌아갈 때가 많다는 부정적인 인식을 어린 학생들에게도 심어 주기 때문에 교육하면 안 된다는 의견이 예전부터 있었고요."

"그렇다면 춘향가를 다른 판소리로 바꿔야 할 것 같습니다. 왜 반대를 하시는 겁니까? 절대 바꿀 수 없는 춘향가만의 어떤 고귀한 가치가 있는 것입니까?"

"너무 당연한 걸 너무 모르시네. 이게 사실은 다 이미 부유한 기업을 배불리자는 수작이잖아요?"

물다람쥐는 갑자기 나를 비웃었다. 그리고, 춘향가를 교육해야 하는 이유에 대해서 정말 몰라서 묻냐고 말하며 또다시 나를 비웃었다. 비웃음을 참고 여러 차례 다른 방향에서 캐물었지만, 물다람쥐는 명쾌하게 답을 해 주지는 않았다.

대신에 이렇게 대답했다.

"공교육에서 춘향가 몰입 감상이 빠지고 다른 걸로 바뀌면 어떻게 되겠어요? 사교육에서 하겠지. 지금 춘향가 몰입 감상 서비스를 하고 있는 업체들이 사적으로 장사 목적을 갖고 그걸 하기 시작하면 지금보다 엄청 비싼 값에 팔릴 거라고요. 걔네들은 큰돈을 벌 거고. 그러면 미래 세대는 아주 이상한 세대가 될 거라고요. 공교육에서 춘향가 교육을 안 하면 미래 세대는 망하는 거죠. 다들 춘향가를 듣고 싶어 하는 수요는 있잖아요. 이게 자본주의의 맹점이죠."

이후 자본주의의 문제점에 대한 물다람쥐의 설명이 복잡하게 더 이어졌다. 그런데 가장 중요한 문제에 대해 알 수가 없었다. 왜 사람들은 다른 판소리가 아니라 굳이 춘향가를 들으려고 하는 것일까?

나는 시위대 사람들로부터 조사한 것을 바로 이 차장에게 전송했다. 이 차장은 내가 보낸 내용을 자신의 컴퓨

터로 확인해 보고 바로 나에게 연락해 왔다.

"좀 알 것 같아요?"

"춘향가를 들으면 다른 판소리를 듣는 것보다 학생에게 굉장히 긍정적인 영향을 미친다고 생각하는 의견이 강하게 있는 것은 확실합니다. 그래서 학생들을 잘 키우려면 우리나라 공교육에서는 반드시 춘향가를 가르쳐야 하고, 빼면 안 된다고 반대하는 것입니다."

"춘향가가 뭐 어떻게 좋다는 건데요?"

"정확하게는 알 수 없는데, 춘향가를 듣고 나면, 다른 모든 과목의 성적도 같이 오른다고 합니다. 삶의 의욕과 적극성이 향상되는 것입니다. 뿐만 아니라 사회성과 사교성도 좋아진다고 합니다. 성실성, 온순함, 쾌활함, 긍정적인 삶의 태도 등등 사람의 성향을 측정하는 지표도 다들 좋아진다는 것 같습니다."

"어떻게 그럴 수가 있죠? 다른 판소리에는 그런 효과가 없고요?"

"춘향가만 그렇습니다."

"엄청 이상하네요."

"그래서 추가로 조사를 해 보려고 합니다. 그 두 번째 조사 장소에 출입할 수 있도록 지금 바로 연결해 주시면 좋겠습니다."

그리고 나는 이 차장에게 현재 춘향가 자료를 전국 학교에 공급해 주고 있는 제작사를 방문하게 해 달라고 했다. 가능하면 제작사의 기술 담당자나 영업 담당자를 만나고 싶었다. 그게 아니라면, 대외 홍보 담당자나 주요 경영진 중 한 명이라도 만나고 싶다고 했다.

하지만 그 제작사는 춘향가 문제를 민감하게 생각하고 있었다. 그래서 내가 만나고 싶었던 사람은 아무도 만날 수 없었다. 그래도 제작사는 이 차장이 속한 미디어 회사에 밉보이고 싶지는 않았는지, 좋은 이야기를 해 줄 수 있는 사람으로 누구든 한 명은 만나게 해 주겠다고 했다.

만나고 보니, 그 사람은 사람이 아니었다. 교과서에 수록되는 판본의 춘향가를 부른 인공지능 로봇이었다.

"드금드금 2.0을 찾아 주셔서 감사합니다. 원하시는 질문을 해 주세요."

요즘 사람들이 친근하게 여긴다는 옛날 감성의 인공지능 말투로 로봇은 나를 응대했다.

"드금드금이 무슨 뜻입니까?"

"명창이 좋은 소리를 내기 위해 연습을 하다 보면 득음을 한다고 하잖아요? 거기에서 가져와서 붙인 프로그램 이름, 로봇 이름이에요."

"이런 식의 이름을 좋아합니까?"

"아무래도 학교에서 어떤 교재를 채택할지 결정하는 사람들 중에는 아직까지도 40, 50대 아저씨분들이 많잖아요. 좋아하시죠."

내가 무슨 질문을 하든 대답하는 로봇의 목소리는 친절했다.

"왜 로봇이 부른 판본의 춘향가가 학생들 교육 과정에 수록되어 있는 겁니까?"

"현재 역사상 춘향가를 가장 잘 불렀다고 하는 명창으로 인정받고 있는 인물들 중에 영상, 음성 자료가 남아 있는 분은 여덟 분이 계세요. 이 여덟 분 중에 제자를 남기신 분은 다섯 분이죠. 그러니까, 대가들 중에 세 분은 제자를 남기지 못했어요. 우리가 최고라고 생각하던 춘향가를 부르는 방식 중 일부는 이어지지 못한 거죠."

"그래도 명창을 계승한 제자들이 다섯 분 이상은 있는 것 아닙니까? 그분들 중 한 분이 부른 춘향가를 학생들에게 들려주어도 되지 않겠습니까?"

"그렇습니다만, 어디까지나 그 제자분들은 명창 스승의 계승자이자 제자일 뿐이죠. 명창 본인은 아니잖아요. 아무리 수제자라도 정확하게 스승이 한 대로 공연을 똑같이 하지는 못하죠. 물론 본인만의 느낌으로 재해석을 하고 새롭게 공연을 할 수는 있지만, 사람들이 원하는 것은 역사상 가장 뛰어났다고 하는 명창의 솜씨 그대로거든요."

"그래서 사람 대신에 로봇에게 판소리를 배우게 한다는 것입니까?"

"맞아요. 인공지능의 분석과 학습으로 판소리를 전수받아서 공연을 하면, 명창 본인이 살아생전 춘향가를 부르는 것과 정말 비슷하게 흉내내어 부를 수 있어요. 소리뿐 아니라, 몸짓 하나, 표정 하나, 노래를 부를 때의 성격을 보여 주는 특징적인 모습까지도 똑같이 재연할 수 있지요. 명창의 노래 부르는 솜씨가 그대로 복사되어 로봇과 인공지능 프로그램 속에 영원히 살아 있다고 해도 될 정도예요."

"그렇게 로봇과 인공지능 프로그램이 만들어 낸 판소리가 실제 사람이 부른 판소리보다 월등히 나아서 그것을 교과 과정에 수록했다고 이해하도록 하겠습니다."

"맞긴 맞아요. 그런데 그냥 나은 정도가 아니에요. 교과 과정에 수록된 판본은 그냥 명창 한 사람을 따라하는 춘향가가 아니었어요. 그게 아니라 여덟 명창들의 장단점을 인공지능으로 분석해서 그 명창들의 솜씨를 합성해서 재탄생시킨 판본이에요. 그 정도 솜씨의 명창은 지금까지 역사상 아무도 없었어요. 생각할 수 있는 가장 완벽한 춘향가 완창을 개발한 거죠. 블라인드 테스트에서도 압도적으로 최고로 선정되었고요."

로봇의 설명에 따르면, 누가 부른 춘향가를 교과 과정에 넣을 것인가를 고르기 위해 시험을 치렀다고 한다. 현재 살아 있는 인물 중에 가장 인기가 많고 좋은 평가를 받는 소리꾼들을 불러 부른 춘향가와 여러 회사의 로봇들이 부른 춘향가를 모두 녹음했다. 그리고 그것을 평론가들과 학자들이 들으며 점수를 매겼다고 한다. 누가 부른 것인지 알려 주지 않고 채점했다고 하는데, 목소리만 듣고도 알아채는 경우가 있어서 정확히 평가하기는 어려웠다고 한다. 그러나 결과 순위는 비슷했다. 사람이 부른 춘향가보다는 이 회사의 로봇이 부른 춘향가가 공통적으로 높은 점수를 받았다고 한다.

나는 교육부 산하기관에서 예전에 발표했던 자료를 검색해 보았다. 로봇의 설명은 틀린 것이 없었다.

"그러면 로봇이 너무 노래를 잘 부른 판본이라, 이걸 들려주면 학생들이 거기에 굉장히 큰 감동을 받아서 갑자기 성실하고 착하고 밝은 사람이 된다는 겁니까?"

"그건 아닐 거예요. 왜냐하면 다른 판소리도 요즘에는 다 로봇과 인공지능 로봇이 부른 판본을 많이 듣거든요."

"춘향가뿐만 아니라 다른 판소리도 잘 부르는 버전은

전부 로봇이 부르는 것이라는 이야기입니까?"

"맞아요. 그나마 판소리는 인기가 있는 분야라서 명창을 이어 가려는 계승자, 제자들이 그나마 조금씩은 나오고는 있는데, 전통문화 중에 다른 여러 분야에는 그걸 힘들 게 배워서 이어 가겠다는 제자들이 없는 경우도 많죠. 그다지 유명하지 않은 시골 지역의 민속춤 같은 것은 딱히 배우겠다는 사람들이 없어서 맥이 다 끊길 판이거든요. 그래서, 로봇에게 그런 전통문화의 기법을 배우도록 하는 사업을 한동안 많이 했죠. 그리고 공연을 할 필요가 있으면 로봇에게 공연을 시키는 식으로 두고두고 활용하면 되니까요. 공예품이나 식품 만드는 기술도 요즘에는 이런 식으로 로봇들에게 많이 전수해 주고 있어요. 그러니까, 요즘 판소리는 어느 내용이건 어차피 다 로봇과 인공지능이 부르는 게 제일 널리 퍼져 있어요. 그게 꼭 춘향가의 특징은 아니죠."

"그러면 도대체 왜 춘향가를 들려주면 그렇게 성격을 개선해 주는 효과가 좋다고 하는 것입니까? 아는 사람은 앞다투어 참여한다고 하는 이야기까지 들었습니다."

"그건 저희도 잘 몰라요. 춘향가가 여러 가지 독특한 장점이 있기는 하잖아요. 대략 추측만 하죠."

"어떤 장점이 중요하다고 보십니까?"

"사람의 원초적인 감성을 드러내는 강렬한 묘사가 빛나는 대목도 많고, 젊은이들을 주인공으로 한 이야기라는 장점도 있고, 기본 주제도 좋게 보자면 신뢰와 보답에 관한 이야기고요. 신분 제도를 타파한다는 이야기도 들어 있고."

"그렇지만, 다른 판소리에도 그런저런 장점은 비슷하게 있지 않습니까? 왜 하필 춘향가를 학생들에게 들려주면 그렇게까지 사람을 착하고 유쾌하게 만들어서 그 후의 인생을 바꿔 놓을 정도로 큰 영향을 미치는 겁니까?"

"아까 말씀드렸듯이, 그건 저희도 잘 모르겠네요."

사람과 달리 로봇은 대화를 오래 해도 지치지 않는다. 이런저런 질문을 많이 하면서 대화를 오래 끌더라도 로봇은 이제 좀 꺼져 달라고 눈치를 주지도 않는다. 나는 인공지능과 문화, 창작과 공연의 의미에 대해 얼마든지 오랫동안 이 로봇과 긴긴 대화를 나누고 싶었다. 그러나 나는 더 이상 이 로봇을 붙잡고 있어 봐야 이 차장이 원하는 눈길을 끌 만한 사연은 더 나오지 않을 것 같다는 생각이 들었다. 내일까지는 내용을 정리해 넘겨야 하니까 빨리 서둘러야 했다. 무엇인가를 더 알아 와야 했다.

나는 작별 인사를 겸해서 마지막으로 지나가듯 로봇에게 물어보았다.

"춘향가 이야기는 학생들에게 어릴 때부터 너무 많이 알려져 있지 않습니까? 너무 뻔하고, 너무 다 아는 이야기라서 아무래도 큰 감동이 올 확률이 크지 않을 것 같습니다. 판소리 중에서는 차라리 그 내용이 좀 덜 알려져 있고, 익숙하지 않은 내용이 좀 더 많은 그런 판소리가 더 인상적이지 않았을까 싶습니다."

"아, 내용이 이미 많이 알려져 있고 아니고는 상관이 없을 거예요. 어차피 학교 교육으로 춘향가를 볼 때는 몰입 감상으로 보잖아요. 몰입 감상으로 보면 다 알던 뻔한 내용을 보더라도 엄청 재미있게 볼 수 있죠."

몰입 감상?

그 말을 듣고 보니, 혹시 거기에 뭔가 있지 않겠나 하는 생각이 들었다. 나는 바로 이 차장에게 연락했다.

"춘향가 몰입 감상 전처리를 개발한 회사 쪽 사람을 만나 보고 싶습니다."

"몰입 감상? 전처리? 그게 뭐예요?"

"요즘 영화나 소설 볼 때도 몰입 감상을 자주 한다고 하지 않습니까. 몰입 감상 모르십니까?"

"대충 들어는 봤는데, 정확하게 뭔지는 잘 몰라요."

"그쪽에 뭔가 있을 것 같습니다. 자세한 것은 한번 찾아보시고, 춘향가의 몰입 감상 전처리를 맡은 회사에서 기술을 잘 아는 분을 만나게 해 주십시오."

"뭔지 대강 상황은 알아야, 나도 여기저기 줄을 대서 사람을 만나게 해 주죠. 대충이라도 설명 좀 해 봐요."

나는 우선 자동 택시를 불렀다. 그리고 몰입 감상 기술 회사 쪽으로 가면서, 동시에 이 차장과 통화하며 몰입 감상 기술 회사가 무엇을 하는 곳인지 설명해 보려고 했다.

"옛날 고전 중에 〈식스 센스〉라는 영화 아십니까?"

"알아요. 반전이 굉장히 유명한 영화잖아요. 교과서에서도 가르치고. 어린이 세계 문학 전집에 어린이 판으로 요약된 게 나오고. 어릴 때부터 세계 문화사에 영향을 끼친 명작을 친숙하게 잘 알아 두면 나중에 학교 공부하고 대학 입시할 때도 유리하다, 뭐 이러면서 미리미리 줄거리를 어린이들에게도 소개해 주는 책이 있으니까요. 그래서 〈식스 센스〉라고 하면 사람들이 다 알잖아요."

"맞습니다. 아마 이 차장님께서 학교에서 〈식스 센스〉 영화를 처음부터 끝까지 제대로 보셨을 때에도, 사실 그전에 여기저기서 읽고 들은 것 때문에 〈식스 센스〉 결말이 어떻게 되는지, 이 영화의 숨겨진 비밀이 뭔지, 다 알고 보셨을 겁니다."

"명작이란 게 좀 그렇죠."

"그런데, 그렇게 결말이 어떻게 끝나는지를 미리 다 알고 보면 재미가 훨씬 떨어집니다."

"〈식스 센스〉는 학교에서 봤을 때도 재미있었는데요. 결말을 아니까 오히려 더 이해가 잘 되어서 재미있는 부분도 있고요."

"물론 그렇습니다. 그렇지만, 결말에 의외의 비밀이 놀랍게 밝혀져서 충격을 주는 게 재미있는 이야기라면, 역시 그 결말이 무엇인지 모르고 보았다가, 상상도 못한 결말을 보고 놀라는 게 그 이야기를 즐기는 참맛 아니겠습니까?"

"그렇긴 한데, 그래도 〈식스 센스〉처럼 워낙 옛날에 나온 이야기는 사람들이 그 결말을 다 아는데, 그걸 피할 수 있겠어요?"

"옛날 사람들 입장에서 생각해 봅시다."

"어떤 입장이요?"

"옛날 사람들은 정말 〈식스 센스〉 영화의 결말을 모르고 보다가 결말을 보는 그 충격의 맛을 제대로 즐겼을 것입니다. 깜짝 놀라서, 어떻게 이런 사연일 수가 있겠냐고 경악했을 겁니다. 훨씬 더 큰 재미를 느꼈을 겁니다."

"그러니까, 결말을 모르고 봐야 고전을 보는 맛이 제대로 느껴진다는 건가요?"

"그렇습니다. 그래서 바로 최근에 교육 현장에서부터

도입된 것이 몰입 감상입니다."

"이제 확실히 알겠네요. 그거 맞죠? 기억 지우는 거?"

이 차장은 자기 직업에 걸맞게 사람을 자극하는 단어로 문제를 설명하는 방법을 정확히 알고 있었다. 나는 이차장에게 내가 찾아가고 있는 곳에 대한 자료를 전송해 주면서, 계속해서 말했다.

"몰입 감상 기술 개발하고 장사하는 사람들은 기억을 지운다는 말은 싫어합니다. 위험하게 들리는 느낌이 있다고 생각하는 것 같습니다. 그쪽에서 일하는 사람들은 신경 보충 처리를 한다고 말합니다."

"그렇지만 같은 거잖아요. 옛날 고전, 이미 한 번 봤던 소설, 잘못해서 우연히 결말을 알게 된 영화를 더 재미있게 보기 위해서, 소설을 읽거나 영화를 보기 전에 그에 대한 기억을 삭제하는 시술을 받고 본다는 거 아니에요?"

"막말로 말하자면 그렇습니다. 요즘은 뇌 조작 기술과 비침투적 신경 시술이 워낙 발달해 있어서, 상당히 간편하게 기계로 사람의 뇌 속에 있는 기억을 지울 수가 있습니다. 없는 기억을 만들어 끼워 넣는 것은 훨씬 어렵지만 단순하게 지우는 것은 쉽습니다. 기억이 사라지는 것은 그냥 사고나 충격적인 일만 발생해도 자연적으로도 일어나는 현상이고 뭐든 세월이 흐르면 기억은 조금씩 없어지니까 자주 발생하는 더 단순한 현상입니다. 그래서 기억 삭제는 아주 안전하고 간편하게 할 수 있습니다."

"그래서 요즘은 애들 학교에서 문학을 가르칠 때도 이런 식으로 기억을 지우는 기술을 쓴다는 거죠?"

"워낙 안전하니까 그렇습니다. 요즘은 점점 널리 기술이 퍼지고 있어서, 그냥 평범하게 영화나 영상을 볼 때에도 몰입 감상으로 보려는 사람들이 많습니다. 영화 개봉할 때에 영화사에서 그냥 줄거리와 세부 내용을 다 글로 써서 올려 두는 곳도 있지 않습니까? 그런 것도 몰입 감상이 많이 퍼져서 생긴 문화입니다."

"자기 영화 줄거리를 자기가 결말까지 다 밝혀서 사람들에게 알려 준다고요?"

"영화 줄거리와 전체 내용을 결말까지 미리 읽어 보고 영화를 볼지 말지 관객이 정하라는 겁니다. 내가 정말 보기 싫어하는 장면이 나오는지 안 나오는지, 내가 싫어하는 형태의 결말은 아닌지 미리 줄거리를 읽어 보면서 다 확인해 보라는 것입니다. 그러고 나서 보기 싫으면 안 보면 되고, 보고 싶으면 그런 줄거리를 읽어 본 기억을 다 지운 뒤에 보면 됩니다. 몰입 감상을 하는 겁니다."

"우리 일이 정말 요즘은 너무 빨리 돌아가서, 나도 인공지능에, 로봇을 몇 대씩 굴리면서 제작을 하거든요. 그래서 그런 게 있다는 걸 우리 회사에서도 몇 번 다루고, 그게 유행이라고 소개도 많이 했는데, 정작 나는 아직도 경험해 본 적이 없어요."

이 차장은 우습다고 킥킥거렸다. 그러면서도 내가 보낸 자료를 이용해서 이곳저곳에 연락을 넣어 내가 만나야 할 사람을 만날 수 있도록 주선해 주고 있었다. 이 차장은 상대방의 연락을 기다리는 중에 다시 물었다.

"학교에서 그게 효과가 있대요?"

"확실히 효과가 있다고 합니다. 심청가 같은 거, 끝나는 장면에서 결국 심청이 아버지가 기적적으로 눈을 뜨면서 끝이 나지 않습니까? 이 장면을 판소리로 보면, 정말 소리꾼이 온 힘을 다해서 감동이 휘몰아치는 사건이 일어났다고 노래를 하고 그 폭발하는 감정의 결과 기적이 일어났다고 묘사를 합니다. 위력이 강한 장면입니다. 심청이 이야기를 백 번도 넘게 들어 본 현대 관객들이라도 그 장면에서 제대로 노래하는 소리꾼의 이야기를 들으면 눈물을 글썽일 정도입니다."

"판소리가 그 정도예요?"

"그렇습니다. 그런데 판소리가 유행하던 그 시대로 돌아가서, 정말 제대로 판소리를 듣던 옛 사람들을 생각해 보세요. 만약 심청이 이야기를 태어나서 처음 판소리로 들어 보는 조선 시대 사람들은 심청가 마지막 장면에서 얼마나 감동했겠습니까? 장터에서 우연히 길을 가다가 소리꾼이 심청가 노래를 하는 장면을 보기 시작해서 무슨 내용인지, 어떤 결말일지도 모르고 보다가 이야기에 빨려 들어가게 된 사람은, 그 의외의 기적이 일어나는 강렬한 결말 장면에서 얼마나 큰 감정을 느꼈겠습니까? 현대인들은 아무래도 그 감정을 느끼기는 어렵습니다. 그런데, 몰입 감상 방법으로 심청가의 결말을 느끼지 못하도록 기억을 지우고 심청가를 보면, 그 진짜 감동을 완전히 제대로, 판소리 전성시대의 관객들과 같이 느낄 수 있게 되는 겁니다."

"그러면, 춘향가도 몰입 감상으로 결말을 모르고 보면 감동의 크기가 커지는 걸까요? 이몽룡이 성춘향을 결국 구해 낼 것인가 말 것인가가 너무나 아슬아슬하게 느껴져서 감동이 엄청나게 강렬하다는 건가? 그래서 그 강한 감동 때문에 사람이 변한다는 건가요?"

"그럴 것 같지는 않습니다. 춘향가를 부른 로봇도 그건 아닌 것 같다는 쪽으로 이야기하지 않았습니까? 그리고 생각을 해 봐도, 춘향가와 같은 형태로 진행되는 이야기에서 남자 주인공이 여자 주인공을 구해 낸다는 것은 옛날이야기에서 너무 쉽게 찾아볼 수 있는 줄거리입니다.

이야기의 결말을 모르는 사람이라도 충분히 상상할 수 있습니다. 그 정도 결말로는 감동이나 충격이 그렇게까지 크지는 않을 겁니다."

"그러면 도대체 왜 춘향가를 몰입 감상으로 듣고 나면 사람이 변한다고 믿는 사람들이 있는 거예요? 그냥 착시나 착각 아닐까요?"

"그걸 알아보러 가는 겁니다."

그 즈음 내 마음속에는 어렴풋하게 떠오르는 생각이 있었다. 이 차장이 제대로 된 사람을 연결해 주기만 한다면, 춘향가와 몰입 감상과 갑자기 착해지는 아이들의 관계에 대해 답을 알 수 있을 것 같았다.

마지막 조사 방문을 마치고, 나는 이 차장의 사무실로 찾아갔다.

깊은 밤이 되었지만 이 차장의 사무실에서는 여전히 바깥 빌딩들이 내뿜는 빛이 창문 밖으로 반짝이는 것을 감상할 수 있었다. 이 차장은 15분 단위로 끊어 가며 계속 다른 사람들, 다른 주제로 이어지는 회의를 하고 있었다. 밤 늦은 시각까지 회의들은 이어졌다. 같이 회의하는 사람들은 모두 멋져 보였다.

회의들이 다 끝이 나자 나는 이 차장의 방 안으로 들어 갔다. 지쳤는지, 이 차장은 자리에 눕듯이 기대고 앉았다. 나와 이야기하는 것 정도는 쉬는 것처럼 편안하게 여기 는 듯 보였다.

"자, 이제 알아냈어요? 춘향가를 들으면 왜 그렇게 사람이 변하나요? 그것도 순하고, 착하고, 성실하고, 용기 있고, 긍정적인 사람으로."

이 차장은 미소를 지었다. 그리고 너무 피곤해서 졸리 는지 눈을 감았다. 귀로는 내 목소리를 분명히 듣고 있는 것처럼 보였다.

"춘향가는 다른 판소리와는 다르게 대단히 구체적인 공간 배경과 시간 배경을 강조하는 이야기입니다. 그리 고 춘향가에는 환상적이고 마법적인 소재가 없습니다. 대신 현실적인 사건 속에서 구체적인 조선 시대의 사회 제도와 정치 체제를 소재로 하는 이야기입니다. 용궁에 찾아가는 수궁가, 심청가, 박을 타면 돈이 쏟아지는 흥보 가와 춘향가는 완전히 다릅니다. 춘향가는 그런 게 아니 라 공무원들을 비밀 사찰하고, 지방 공무원들이 감사받 는 이야기를 다룹니다."

"춘향가는 굉장히 현실적이다?"

"뿐만 아니라, 그래서 내용이 다른 현실 제도와 복잡하게 연결된 것이 많습니다. 예를 들어, 춘향가에는 이몽룡이 정체를 밝히기 직전에 잔치에 걸인 모습으로 나타나, '금 술잔의 아름다운 술은 백성들의 눈물이요, 옥 쟁반의 맛난 안주는 백성들의 기름이다'라는 시를 쓰는 장면이 나옵니다."

"들어 봤어요."

"그런데 이 시는 〈오륜전비〉라는 중국 명나라 시대의 연극 대본에 나오는 시를 기초로 해서 고쳐 만든 것입니다. 그런데 이 시가 조선에 유행한 이유 중에 하나는 조선에서 중국어를 배우는 사람들이 중국어 교재로 〈오륜전비〉를 택한 영향도 있을 거라고 보고 있습니다. 왜 〈오륜전비〉가 조선 시대에 중국어 교재가 되었느냐에는 그 나름대로의 이유가 또 있습니다."

"너무 복잡한데요."

"이렇게까지 복잡한 만큼, 춘향가는 그 내용의 구석구석에 실제의 자료, 정말로 일어난 일과 연결고리가 굉장히 많습니다."

"그래서 그 춘향가를 제대로 감상하면 사람이 현실적으로 큰 영향을 받는다? 그럴 것 같지는 않은데요."

"그런 것은 아닙니다. 문제는 몰입 감상에서 기억을 삭제하는 방식에서 발생한다고 추측하고 있습니다."

"그게 무슨 말이죠?"

이 차장은 눈을 떴다. 얼굴은 졸리고 피곤해 보이는데도 눈은 맑아 보였다.

"몰입 감상법에서 필요한 기억만 정확하게 삭제하기 위해서는 표본 자료가 필요합니다. 먼저 모범이 될 만한 사람을 한 명 구해서 뇌의 어디를 어떻게 건드려야 필요한 기억만 삭제되는지 여러 차례 실험을 해 봅니다. 그렇게 해서 그 사람이 판소리를 더 재미있고 감동적으로 보기 위해 삭제해야 할 판소리 관련 기억들이 잘 삭제되었는지를 확인하고, 뇌에 다른 악영향은 안 미쳤는지도 확인하고 나면, 그다음부터는 그 사람의 뇌를 기준으로 다른 사람의 뇌를 조작해서 기억을 삭제해 나가는 것입니다. 이걸 표본 동조 방식이라고 합니다."

"그러니까, 춘향가를 재미있게 보기 위해서 기억을 삭제하는 실험을 먼저 받은 사람이 있었다는 거죠? 그리고 그 사람이 기억을 삭제받은 방식대로 그 후 다른 사람들에게 기억 삭제 조작을 한다는 거고."

"신경 보충 처리를 한다고 말합니다."

이 차장은 작게 "그거나 그거나."라고 중얼거렸다. 나는 말을 이어 나갔다.

"춘향가의 기억 삭제 조작의 기준 표본이 되었던 사람

은 대학원을 다니는 동안 춘향가를 연구한 대학원생이었다고 합니다. 저는 그 대학원생이 대학원 시절을 보내며 춘향가를 매우 많이 연구하며 그에 대한 지식을 많이 얻을 수 있게 되었지만, 대신 나쁜 추억과 성격적 결함을 갖게 된 인물이라고 추측하고 있습니다."

"즐겁고 쾌활하게 살던 사람이 대학원 다니면서 성격이 바뀌거나 마음 고생하는 일은 많은 편이니까. 자기가 하고 싶은 공부를 택해서 하는 거라면, 사실 그렇게까지 고생이라고 할 일은 아니어야 되는 건데, 또 현실은 그렇지만은 않고 그러니. 그래서 사람의 성격이나 세상에 대한 시각이 이상해지기 좋다는 이야기는 들어 봤어요."

"게다가 춘향가는 굉장히 다각적으로 연결되어 연구될 분야가 많은 판소리이고 현실 문제와도 긴밀히 연결되어 있습니다. 그 때문에 그 대학원생은 춘향가 관련 기억을 삭제하는 실험의 표본이 되면서, 대학원생 시절 겪은 대부분의 기억이 어느 정도 같이 삭제되는 체험을 했을 거라는 이야기입니다."

"무슨 말인가요?"

"대학원생은 춘향가와 관련된 기억을 삭제당하면서 거기에 촘촘히 엮인 다른 생각들이 너무 많을 수밖에 없기 때문에 춘향가를 연구했던 대학원생 시절의 많은 다른 기억도 같이 삭제당했을 거라는 이야기입니다. 그래서 자신이 대학원 시절에 얻은 열등감, 자만심, 오만, 패배감, 무력감, 절망감, 분노, 원망, 외로움, 정상적인 사교의 단절 같은 생각들이 그 대학원생의 두뇌에서 대학원생 시절 했던 춘향가 연구가 지워질 때 같이 삭제됐다는 이야기입니다."

"그러고 나서 보통 사람도 춘향가를 보기 전에 그 대학원생의 기억 삭제 방식을 적용해서 기억을 삭제하면, 자기의 나쁜 성격도 같이 파괴되어 버리는 거라고?"

"저는 그 가능성이 높다고 보고 있습니다."

이 차장은 완전히 기력을 회복한 듯 허리를 곧추세우고 앉았다.

"재미있네. 뇌 조작 기술이 많이 발전해도 아직 사람의 부정적인 성격을 고치는 것은 제대로 해 내지 못했는데, 우연히 춘향가에 관한 기억을 지우는 실험을 하다가 나쁜 성격만 골라서 지우려면 어디 어디를 지워야 하는 것인지 같이 발견이 되었다는 이야기잖아요? 그것 때문에 춘향가 보기 전에 그렇게 기억 지우는 시술을 받는 학생들은 다 성격이 좋아진다는 거네. 이거 기막힌데요?"

"아직까지는 추측일 뿐입니다. 그렇지만 몰입 감상 전처리를 하는 회사의 남아 있는 자료를 종합해 본 결과,

저는 이게 가장 가능성 높은 추측이라고 생각하고 있습니다. 분명한 증거는 없습니다만, 이 정도면 저에게 급한 일을 맡기신 정도의 이야깃거리와 영상은 나왔다고 생각합니다."

이 차장은 고개를 끄덕거렸다.

"괜찮네. 이걸로 처리하면 사람들 눈길 끌 만한 이야기 하나 굵직하게 던질 수 있겠네요."

나는 인사를 하고 바깥으로 나가려고 했다. 내 뒤에다 대고 이 차장이 말했다.

"내일 이거 나가고 숨 좀 돌리면 여유가 있는데. 내일 낮에 같이 점심 먹고 어디서 뭐 하면서 놀기나 할까요?"

듣기 좋은 목소리였다. 그러나 나는 다시 돌아가야 할 어둡고 아무도 오지 않는 내 사무실이 생각났다. 그러자 나는 뭐라고 대답하는 것이 좋을까, 이 다음에 무슨 생각을 해야 할지 몰라 혼란스러웠다.

그러다가 절대로 알 수 없는 결말을 기다리며, 춘향가를 보러 가지 않겠냐고 제안하고 싶어졌다.

—2022년, 양재역 근처에서

작 가 의 한 마 디

이순신 장군 영화에 대한 이야기 중에, 누가 "이순신 장군은 전쟁 끝날 무렵에 죽는다."는 이야기를 미리 하면 그것도 스포일러냐는 말을 보았다. 그 정도면 누구나 다 아는 역사의 상식인데 그걸 스포일러라고 할 수 있는가? 그때는 너무 상식의 수준이 낮다는 것을 비웃는 사람들이 많았다. 그런데 나는 한편으로 태어나서 처음 이순신 장군 이야기를 듣는 어린이 입장이라면 마지막에 찾아오는 이순신 장군의 죽음 이야기가 얼마나 큰 비극의 충격이겠는가 싶은 생각이 들었다. 그렇다면 잘 알려진 이순신 이야기를 처음 접할 때 기왕이면 가장 훌륭하게 만든 이순신 장군 영화를 보는 것이 좋지 않을까? 이순신 장군의 최후가 스포일러가 될 수 있는 상황도 얼마든지 있을 수 있는 것 아닐까? 이것은 예전부터 종종 해 보던 생각이고 에세이나 칼럼 소재로도 써 본 적이 있던 고민인데 이번에는 소설로 한 번 시도해 보았다.

낭인전

김이삭

변강쇠가

판소리 열두 마당 중에서 실전失傳된 일곱 마당 중 하
나로 '가루지기타령', '변강쇠타령'이라고도 불린다.
조선 후기 유랑민 변강쇠와 옹녀 부부의 사실적인 삶
을 희극적으로 묘사한 작품으로 판소리 이론가 신재효
에 의해 정리된 버전만이 전해지고 있다.

마을에 또 초상이 났다. 이번에 죽은 이는 마을 제일가
는 난봉꾼이었다.

"새장가 간다면서 좋다고 술을 마시더니. 취해서 비상
까지 먹었네그려."

"땅으로 장가를 가 버렸군."

혀를 쯧쯧 차며 말을 뱉던 남인(男人)들이 흘깃흘깃 어
딘가를 보았다. 이들의 시선 끝에는 혼례복을 입은 여인
이 있었다. 서시와 포사에 버금가는 외모로 황해도와 평
안도를 들썩였던 옹녀였다. 관 옆에 앉아 눈물을 흘리는
모습이 어찌나 가련한지. 그 모습을 지켜보는 이의 가슴
도 촉촉해질 정도였다.

그러나 이들은 금세 도리질하며 마음을 다잡았다. 저
여인이 누구던가. 천하절색이자 과부의 운명을 타고난
이가 아니던가. 열다섯에 얻은 서방 첫날밤에 잠자리에
서 급상한으로 죽고, 열여섯에 얻은 서방 당창병에 튀고,
열일곱에 얻은 서방은 용천병에 폈고, 열여덟에 얻은 서

45

방은 벼락 맞아 식고, 열아홉에 얻은 서방은 천하 대적이
되어 효수를 당했다. 스무 살에 얻은 서방은 혼롓날에 비
상을 먹고 죽은 것이다.

청상살(靑孀煞)이 겹겹이 쌓였어.

청상과부로 살 팔자이니 누구든 저 여인과 혼인하면
급살을 맞을 거야.

누구 하나 입 밖으로 뱉지는 않았지만, 속으로 같은 말
을 했다. 그때였다. 노기 등등한 얼굴로 상갓집 대문을 넘
은 월경촌(月景村) 촌장이 큰소리로 외쳤다.

"네년이 기어코 내 종질마저 앗아가는구나. 저년을 이
곳에 두었다가는 우리 마을에 좆 달 놈이 다시 없을 것이
다. 내 너를 꼭 내쫓고야 말리라."

* * *

몇 해나 지속된 가뭄으로 먹을 게 부족해지고 나라에
난까지 일자 천하를 떠도는 낭인들의 수가 크게 늘었다.
인심이 어찌나 흉흉해졌는지 월경촌 사람들은 마을에 외
지인을 들이는 법이 없었으며 밤마다 가가호호 문단속을
했다. 이런 시국에 초상까지 연이으니 인심이 가뭄 만난
논바닥처럼 쩍쩍 갈라졌다. 그런데 갈라진 마음을 어루

만져야 할 촌장은 물 대신 기름을 퍼부으며 불을 질렀다.

마을 사람들은 짧은 공론 끝에 옹녀를 쫓아냈다. 훼가출송[1]한 것이다. 죽은 이의 관이 아직 마을을 떠나지 않았건만, 산 자는 죽은 이보다 먼저 마을에서 쫓겨났다. 사실 훼가출송은 나라님이 법도로 금지한 악습이었지만, 이런 촌구석에서는 얼굴도 본 적 없는 나라님의 지엄한 명보다 조석으로 마주하는 촌장의 불같은 성질, 그리고 막연한 위험을 향한 두려움이 훨씬 더 강력했다. 집만 부수고 패물을 빼앗지는 않았다는 것이 그나마 불행 중 다행이랄까.

파란 봇짐을 옆에 끼고 산호 은비녀를 찌른 옹녀가 산 등성이에 있는 커다란 바위에 걸터앉으며 한숨을 내쉬었다. 결국 독녀(獨女)가 되어 천하를 떠도는구나. 내가 과부로 살고 싶어 지아비를 죽인 것도 아니고, 혼인하는 족족 지아비라는 이들이 뭍에 놓인 생선처럼 죽어 나가는 것을 나보고 어찌하란 말인가. 처량한 신세를 생각하자 땀인지 눈물인지 알 수 없는 물방울이 눈가를 적셨다.

그녀는 물기를 닦으면서 산 아래를 내려다보았다. 멀리 개성 땅이 보였다. 청석관에서 십 리만 더 가면 개성

---

1 한 고을 한 동네의 풍기를 어지럽게 한 사람의 집을 헐고 다른 곳으로 내쫓는 것.

이었고, 개성에서 조금만 더 가면 경기였다. 아래로, 더 아래로 내려가면 이 한 몸 의탁할 수 있는 마을이 있을지도 몰랐다.

젊은 여인이 홀로 살기에는 참으로 흉악한 세상이었다. 혼인하지 않으면 어찌 혼인하지 않냐며 들볶고, 과부가 되면 수절을 하라며 들볶았다. 지아비가 있는 여인은 더했다. 밭일과 길쌈, 빨래와 청소 그리고 끼니까지 맡아야 했다. 지아비와 시부모의 구박은 덤이었다. 그래도 옹녀는 가정을 갖고 싶었다. 가정이라는 울타리가 있으면 입 한 번 맞추는 놈, 젖 한 번 쥐는 놈, 눈 흘레 하는 놈, 손 만져 보는 놈, 심지어 치맛귀에 씨물을 묻히는 놈을 만날 일도 없을 테니까. 아예 없지는 않겠지만, 지금처럼 많지는 않을 것이다.

허나 천지신명은 옹녀의 소원을 들어주지 않았다. 눈을 낮추고 낮춰 땅바닥에 붙다시피 하였건만, 백년해로 할 수 있는 명줄 긴 놈 찾기가 이리도 어려워서야.

옹녀는 끙 하는 소리를 내고는 자리에서 일어나 엉덩이를 툭툭 털었다. 그런다고 포기할 옹녀가 아니었다. 매년 상부(喪夫)하며 송장을 치우면서도 다시 혼인하는 이가 누구던가. 바로 옹녀였다. 옹녀는 낙천적이면서도 현실적이었고, 누구보다 고집스러웠다. 어쩌면 하늘이 준

기회일지도 모른다는 생각이 들었다. 양서에서 찾지 못한 인연을 삼도에서 찾으라고 말이다.

내 이번에는 아무와 혼인하지 않으리라. 제대로 된 낭군을 찾으리라. 마음씨는 비단결 같고, 용모는 천상 선인 같으며 수명은 삼천갑자 동방삭 같은 이를 찾아서 혼인하리라. 옹녀는 굳게 결심했다.

바위에서 내려와 종종걸음으로 걸어가는데, 한 사내가 반대편에서 숨 가쁘게 발걸음을 옮기는 게 보였다. 멀리서도 훤칠함이 확연하였는데 가까이서 보니 참으로 고운 용모였다. 나보다 곱겠구나. 옹녀가 힐긋 보고 지나가려는데 사내가 우뚝 서며 말을 걸었다.

"저기, 어디로 가십니까."

"삼남으로."

"…혼자 가십니까?"

이것은 수작인가? 길에서 처음 보는 여인에게 수작을 거는 남인 치고 제대로 된 놈을 본 적이 없었다. 옹녀는 미간을 좁히며 그를 보다가 솔직히 답했다. 사내의 얼굴에서 왠지 모를 두려움을 읽었기 때문이었다.

"혼자."

사내는 뒤를 곁눈질하더니 목소리를 낮추며 말했다.

"좋지 않은 이들이 아까부터 저를 따라오고 있습니다.

이대로 청석관을 지나면 그자들과 마주칩니다. 저를 버리고, 홀몸인 부인을 노릴 터이니 저 바위 뒤쪽에 잠시 숨어 계시지요. 그자들이 지나가면, 그때 나오십시오. 절대… 산 쪽으로 오시면 안 됩니다."

천하에 해를 끼치는 낭인이 있다던데. 설마 이자를 노리는 것인가? 옹녀는 깜짝 놀라 저도 모르게 고개를 끄덕였다. 사내는 조용히 하라는 손짓을 하더니 서둘러 걸음을 옮겼다. 옹녀 또한 바위 뒤로 가 몸을 숨겼다. 얼마 지나지 않아 활과 화살통을 어깨에 메고 검을 쥔 자들이 나타났다. 짙게 깔린 노을 때문에 온몸이 붉은 피로 젖은 것처럼 보였다.

"낭인이 분명해. 호패도 관청 허가증도 없었잖아."

"집이 이 근방이라더니 반나절을 따라왔는데도 아직이야. 해가 저무는데도 산에 올랐지."

"유랑하는 이들은 모두 낭인이야. 함부로 자기 마을을 떠나 멀리 온 이도 낭인이지. 이대로 보내 줄 수는 없어."

"죽이기 전에 재미라도 보았으면 좋았을 것을. 사내라 아쉽네."

옹녀는 숨을 삼키며 기척을 숨겼다. 낭인의 행색이 아니었다. 장승. 장승이다. 저들은 낭인을 막아 마을을 지키는 장승이었다. 도적이 된 낭인은 강이나 산에 머물렀지만, 걸식하는 낭인은 성저십리나 경기 같은 도성 주변을 떠돌았다. 낭인 대다수는 전자가 아닌 후자였지만, 사람들은 도적질하는 낭인과 걸식하는 낭인을 구분하지 않았다. 저 무해함도 적선을 위한 가면일 뿐 언젠가는 악인의 실체를 드러낼 거라고 믿었다. 그래서 사람들은 마을을 지키기 위해 장승을 뽑았다. 보통은 싸움 좀 한다는 왈패가 장승이 되었고, 주먹질로 낭인을 쫓아내곤 했다.

생각이 여기에 닿자 옹녀는 가슴이 철렁했다. 월경촌 장승인 덕구 아범은 마을 안에서만 장승 노릇을 할 뿐 마을 밖에 있는 낭인을 건드리지는 않았다. 허나 이곳 장승들은 낭인을 쫓아가 죽여 버리지 않는가. 마을 어귀를 지키며 서 있는 장승이 아니라 사냥감을 뒤쫓는 인간 사냥꾼이었다.

장승들의 기척이 멀어졌는데도 옹녀는 몸을 움직일 수 없었다.

마을에서 쫓겨난 나도 엄밀히 따지면 낭인이 아닌가? 청석관까지 무사히 올 수 있었던 건 그저 천운이었단 말인가? 삼도까지는 무슨 수로 갈 것이며, 어찌어찌 그곳에 간다고 할지라도, 나를 받아 주지 않는다면? 그럼 어디로, 대체 어디로 간단 말인가.

생각만 해도 앞이 깜깜하고 머릿속이 하얘졌다. 옹녀

는 그 자리에 그대로 서서 한참을 망설였다. 남으로 가야 할지 북으로 돌아가야 할지 알 수 없었다. 어느새 해가 지고 달이 떴다. 멀지 않은 곳에서 늑대 울음소리가 들렸다. 금수의 울부짖음에 정신이 번쩍 든 옹녀는 그제야 주변을 둘러보았다. 돌아올 때가 지났는데도 장승들은 아직이었다.

그 남인은… 그자는 무사할까?

장승들과 마주칠까 걱정이 되었던 옹녀는 주변을 살피다가 바위 뒤쪽에 있는 언덕을 발견했다. 저기로 가면 장승들과 마주치지 않을 거야. 옹녀는 옆구리에 봇짐을 끼고 치맛자락을 움켜쥐며 비탈면을 올랐다. 걸음을 잘못 얹었는지 발이 미끄러지면서 반사적으로 오른쪽에 있던 나무를 움켜쥐었다. 무언가가 손바닥을 파고들며 피부를 길게 찢었다. 두릅나무에 돋아난 가시였다. 다친 손바닥에서 고통이 피어올랐지만, 옹녀는 신음을 삼킬 뿐 부단히 발을 놀렸다.

위에는 작은 샛길이 있었다. 초목이 무성한 것을 보니 사람이 다니던 길이 아니라 짐승이 다니던 길이었다. 이리 가면 장승들이 돌아오더라도 들키지 않겠지. 옹녀는 주변 소리에 집중하며 조심스레 발걸음을 옮겼다.

혹시라도 장승들이 사내를 죽이고 다른 곳으로 갔다

면, 그래서 사내의 시신이 산길에 버려져 있다면, 시신이라도 수습해 줄 생각이었다. 자신의 목숨을 구해 줬으니산짐승에게 먹히도록 그냥 둘 수는 없었다. 힘에 부쳐 매장을 못 해 주면 화장이라도 해줘야지. 절대 산 쪽으로오지 말라던 사내의 마지막 얼굴을 떠올리자 코끝이 찡해졌다. 이십여 년을 보았던 이웃도 자신을 내쫓았는데생면부지인 남은 자신을 구해 주었다.

얼마나 걸었을까. 저 아래쪽에, 파란 한기를 머금은 달빛 아래로 무언가가 있었다. 사람의 형상이었다. 움직임이 없는 사람. 옹녀는 지난 삶의 경험으로 그것이 시신이라는 걸 알았다. 그런데 한 구가 아니라 네 구였다. 옆에는 검과 활도 나뒹굴었다. 검은 검집 안에 들어 있고, 화살은 화살통 안에 들어 있었다. 순식간에 변을 당한 모양이었다.

옹녀는 쪽머리에 꽂은 은비녀를 꺼내 움켜쥐었다. 붉은 산호를 상감한, 끝을 날카롭게 벼린 민잠 은비녀였다. 수절도 안 하는 과부 주제에 정절을 지키는 은장도가 웬말이냐기에 보란 듯이 만든 비녀였다. 막상 써 보니 호신용으로 이만한 것도 없었다. 허리춤이나 옷고름에 차는패도나 주머니에 넣는 낭도는 좀처럼 남들 눈에 띄지 않았지만, 머리에 꽂는 비녀는 달랐다. 쪽머리에 칼을 꽂고

다니기 시작한 뒤로 자신을 대놓고 희롱하는 이들이 부
쩍 줄었다.

옹녀는 언덕에서 내려와 시신들을 살펴보았다. 얼굴은
알아볼 수 없으나 옷은 알아볼 수 있었다. 장승. 사내를
죽이겠다고 말하던 장승들이었다. 장승 넷이 죽임을 당
했다. 사내는 없었다. 무기도 없는 이가 무장한 장승 넷을
죽일 수는 없을 터이니 흉수는 따로 있을 것이다.

옹녀는 바로 옆에 있는 시신을 자세히 살펴보았다. 흥
건히 고인 핏물 위에 드러누운 시신에는 별다른 상처가
없었다. 무언가에 물려 꿰뚫린 목을 제외하고 말이다. 옹
녀의 얼굴에도 핏기가 가셨다. 산짐승이 사람을 넷이나
죽였다. 장승들이 범을 공격해 산신의 분노를 산 걸까?
범이 그저 먹이를 사냥했던 거라면 장승을 넷이나 죽이
지는 않았을 것이다.

서둘러 이곳을 떠나야 한다는 생각이 들었다. 짚신과
버선을 붉게 적신 땅에서 발을 떼려던 순간, 등 뒤에서
으르렁거리는 소리가 들렸다. 늑대의 소리였다. 옹녀는
무의식적으로 고개를 돌렸고, 황금빛 눈동자와 눈을 마
주쳤다. 금빛 눈동자에 하얀 털을 지닌 늑대였다. 옹녀를
보고 송곳니를 드러내던 늑대는 몸을 잠시 웅크리다가
곧장 달려들었다.

"으아악."

옹녀는 뒤로 넘어지며 엉덩방아를 찧으면서도 손에 쥐고 있던 은비녀를 휘둘렀다. 비녀가 늑대의 옆구리를 파고들자 늑대는 캥 하는 소리와 함께 몸을 비틀더니 옹녀 위로 쓰러졌다. 돌에 부딪혔는지 등에 둔탁한 통증이 일었지만, 옹녀는 아픔을 느낄 새가 없었다. 무방비하게 드러난 자신의 하얀 목을 파고들 날카로운 이빨이 떠올랐기 때문이었다. 이렇게 저세상으로 가겠다 싶었다.

그런데 시야에 늑대의 얼굴이 들어오지 않았다. 자기 몸 위에 있는 묵직한 무언가는 움직이지 않았다. 널을 뛰며 쿵쿵거리던 심장이 천천히 제 박자를 찾았을 때, 옹녀는 고개를 들어 자기 몸 아래쪽을 보았다. 미동도 하지 않는 늑대를 보았다.

그런데 늑대가 없었다.

하얀 털을 지닌 늑대가 있어야 할 자리에는 벌거벗은 사내가 정신을 잃고 누워 있었다.

옹녀는 늑대, 아니 사내의 허리에 비녀를 꽂았던 자신의 오른손을 보았다. 섬섬옥수가 붉은 피로 물들어 있었다. 그건 사내의 허리도 마찬가지였다. 비녀가 꽂힌 곳 아래로 선혈이 끊임없이 흘러나왔다. 옹녀는 사내의 몸을 옆으로 밀어낸 뒤 허리에 꽂혀 있던 은비녀를 뽑았다. 은

비녀로 사내의 목을 겨누던 옹녀의 얼굴이 일순 굳었다.
자신을 구해 주었던 사람이었다. 장승들에게 쫓겼던 낭
인 말이다.

　옹녀의 머릿속에 낭인이라는 말이 연거푸 떠올랐다.

　낭인, 낭인, 낭인.

　낭인, 늑대인간.

* *

　"낭인 무리에도 속하지 못하는 낭인은 팔도를 떠돌다
가 짐승이 된단다. 봉두난발 아래로 머리털 같은 털이 돋
아나고, 네발로 기어 다니면서 생식을 하지. 혼자서는 굶
주림과 추위를 견딜 수 없으니 살아남기 위해 짐승이 되
는 거란다. 그건 환난이 사람에게 주었던 저주이자 축복
이야. 그런 낭인(浪人)을 이리 랑, 사람 인을 써서 낭인(狼
人)이라고 한단다. 늑대인간이라는 뜻이지."

　할머니는 자신의 무릎을 베고 누운 옹녀의 작은 등을
검버섯이 가득한 손으로 토닥여 주었다. 따스한 봄 햇빛
이 깃든 손길이었다. 어느새 잠이 몰려왔다. 어린 옹녀는
두 눈을 감으며 할머니에게 물었다.

　"할머니, 할머니도 낭인을 본 적이 있어?"

"없지. 없어. 할머니도 이야기로만 들었단다. 네 외외증 조할머니가, 그러니까 할머니의 친정어머니가 해 준 이야기란다."

옹녀를 키워 준 할머니는 경신 대기근에 태어났다. 두 해 동안 수십만 명의 목숨을 앗아간 경신 대기근. 가뭄과 폭우가 씨실과 날실처럼 엮이면서 팔도를 뒤덮고, 서리와 우박이 한여름에 찾아왔던 환난이었다. 갑작스레 일어난 전염병은 순식간에 사람들의 목숨을 앗아갔고, 팔도의 흉작은 전염병에서 살아남은 이들을 천천히 말려 죽였다.

경신 대기근은 끝이 났지만, 사람들은 환난이 남긴 크고 작은 상흔을 잊지 못했고, 그 기억이 후대에도 이어지기를 바랐다. 날것 그대로의 기억 말고, 조금은 변주된 이야기로 말이다. 진실의 편린이 서늘한 빛을 번뜩이는 이야기로. 먹고 살기 바쁜 백성들은 자신이 보고 들은 바를 종이에 글로 남길 수는 없었지만, 재미있는 이야기로 탈바꿈시켜 오랫동안 후대에 전해 줄 수 있었다.

어렸을 때는 옹녀도 할머니가 해 준 늑대인간 이야기 속에 어떤 진실이 숨어 있을지 추측해 보곤 했다. 하지만 열다섯에 청상과부가 된 뒤로는 그런 걸 고민할 여유가 없었다. 삶이 팍팍해져 하루하루를 꾸역꾸역 살아야 했다. 옹녀는 늑대로 변한 낭인을 직접 보고 나서야 어렸을 때 들었던 늑대인간 이야기를 떠올렸다.

그게 사실이었을 줄이야.

문짝이 반쯤 부서진 흉흉한 폐가 안, 죽은 듯 누워 있는 사내를 보면서 옹녀는 마른침을 삼켰다. 정신을 잃은 사내를 청석관 골짜기에 버려 두고 갈 수는 없었기에 보따리에 들어 있는 치마와 저고리를 입힌 뒤 질질 끌어 근처 폐가로 데려갔다. 짐승이 되어 자신을 해치려고 하기는 하였어도, 사람이었을 때는 자신을 지켜 주려고 하지 않았던가. 게다가 자기 때문에 다쳤으니 깨어나는 모습 정도는 보고 떠나야 할 것 같았다.

그러나 사내는 쉬이 정신을 차리지 못했다. 이틀 동안 고열에 시달렸다. 옹녀는 펄펄 끓는 열기에 덜컥 겁이 났다. 혼례를 치르지는 않았지만, 자신에게 알몸을 보이지 않았던가. 청상살을 맞았을지도 모른다는 생각이 들었다. 또 송장을 치우겠구나. 옹녀는 반쯤 체념하며 손으로 졸린 눈을 비볐다. 그런데 눈을 뜨자 사내의 눈동자가 보였다. 그는 너무 놀라 입을 떡 하고 벌리고 있었다.

"일어났네?"

"…제, 제가…."

"꼬박 이틀을 누워 있었는데."

58

사내는 당황하며 어쩔 줄 몰라 하다가 무언가를 보더니 갑자기 낯빛을 굳혔다. 그는 옹녀의 손을 덥석 잡으며 말했다.

"다치셨습니까? 혹시 제게 물리신 겁니까?"

사내의 시선이 옹녀의 오른손에서 떠나지를 못했다. 이자는 늑대였을 때의 기억이 없는 것인가? 옹녀는 손바닥에 남은 상처를 감추며 사내의 손에서 제 손을 빼냈다.

"아니. 자네에게 물린 이들은 다 저세상으로…."

그 말을 들은 사내의 낯빛이 파리해지고 두 눈에는 눈물이 차올라 옹녀는 말을 끝맺지 못했다. 한참 뒤 그는 울음을 토해내듯 말을 뱉었다.

"그렇겠지요. 제가 살려 두었을 리가 없지요…."

사내는 생각에 잠긴 듯 허공을 보더니 연신 눈물을 흘렸다. 옹녀는 옆에 앉아 어색하게 눈동자만 굴리다가 헛기침을 했다.

"저기… 통성명부터 하지. 나는 옹가. 자네는?"

"저는 변가입니다. 강쇠라고 부르시면 됩니다."

"변강쇠…."

"손에 남은 상처… 정말 제가 낸 게 아닙니까?"

"아니라니까? 왜. 사과라도 하려고?"

"…."

강쇠는 입술을 깨물더니 더는 아무 말도 하지 않았다. 그 모습이 꼭 날개옷을 잃은 선인 같았다. 옹녀는 홀린 듯 그를 보며 이렇게 생각했다. 늑대라는 족속은 가족을 끔찍이 사랑해 평생 자기 배우자와 살지 않던가? 내 목덜미를 노리지만 않았어도 내가 데리고 살았을 것을. 참으로 아쉬웠다. 한참 뒤, 입술을 달싹이기만 하던 강쇠가 입을 열고 말했다.

"저를 속이시면 안 됩니다. 낭인에게 물리면 낭인이 됩니다. 갓 낭인이 된 이는 자기 힘을 통제하지 못하지요. 갑자기 각성해 늑대로 변하기라도 한다면 주변 사람들이 위험해집니다. 자기 자신도 위험해지고요. 낭인은 좀처럼 죽지 않지만, 약점이 아예 없는 건 아닙니다."

강쇠는 무의식적으로 옹녀의 쪽머리에 꽂혀 있는 은비녀를 보았다. 옹녀는 그 찰나의 순간을 놓치지 않았다. 그는 허리에 생긴 상처가 아픈지 잠시 신음을 내뱉으며 말을 이었다.

"제가 옆에서 낭인으로 살아가는 법을 알려 줘야 합니다. 생존할 수 있도록 지켜 줘야 합니다. 제 목숨이 다할 때까지요. 제게는 그리 해야 할 책임이 있습니다. 그러니… 솔직하게 말해 주십시오."

옹녀는 믿을 수 없다는 듯 그를 흘겨보다가 이렇게 답

60

했다.

"그 말을 어찌 믿나? 다른 이들은 목을 꿰뚫어 바로 죽였던데?"

"그건… 저를 죽이려고 했으니까요. 저를 쫓아오지만 않았어도 늑대로 변해 그들을 죽이지는 않았을 겁니다."

"그럼 나는? 나는 왜 공격했나?"

옹녀의 말에 강쇠의 안색이 급변했다. 자신이 그녀의 손바닥에 상처를 남긴 게 분명하다고 확신한 것 같았다.

"그건 저도 모르겠습니다…. 함부로 사람을 공격하지는 않거든요."

강쇠는 미안함에 입을 꾹 다물었다. 뭐 그렇게 미안해할 것까지야. 어쨌든 나는 무사하지만, 자네는 허리가 꿰뚫리지 않았나. 옹녀는 이 말을 굳이 소리 내서 뱉지 않았다. 대신 이런저런 생각을 하며 머리를 굴리다가 이렇게 말했다.

"그 말 참인가?"

"예?"

"내 옆에서 나를 지켜 주며 살겠다는 말 말이야."

"네? 네. 그럼요. 그리해야지요."

"그래?"

옹녀의 얼굴에 화색이 돌았다. 강쇠는 옹녀의 말이 무

언가 이상하다고 생각했지만, 갓 낭인이 되어 막막함에
빠졌을 그녀의 사정을 떠올리자 그 심경을 이해할 수 있
었다. 물에 빠져 허우적거리는 이에게 나타난 구명줄이
아니던가. 다만 구명줄이라며 나타난 이가 그녀를 물에
빠지게 만든 원흉이라는 점이 죄송스러울 따름이었다.

"자네 몸은 튼튼한가? 어디 아픈 곳은 없고? 낭인만 앓
는 고질병 같은 게 있는 건 아니겠지?"

강쇠는 느닷없는 물음에 당황했지만 성실하게 답해 주
었다.

"그런 건 없습니다. 더는 살고 싶지 않아도, 쉽게 죽지
도 못하는 몸으로 변한 이가 낭인이지요."

"그래?"

옹녀는 강쇠의 손을 덥석 잡으며 말했다.

"그럼 나와 함께 살자. 내 팔자 무상하여 상부하고 자
식 없어, 같이 살 이가 그림자뿐이었다. 너도 고운 얼굴
젊은 나이이니 홀로 살기 무섭지 않더냐. 우리 둘이 같이
살자."

끝이 살짝 찢어져 늑대 눈처럼 보이던 강쇠의 두 눈이
토끼 눈이 되어 동그랗게 떠졌다. 자신이 옹녀에게 해 준
말과 뜻은 같았지만, 그 느낌이 묘하게 달랐다. 강쇠는 얼
떨결에 고개를 끄덕였다. 그러자 옹녀의 얼굴에 웃음꽃

이 피었다.

찾았다. 마음씨는 비단결 같고, 용모는 천상 선인 같으며 수명은 삼천갑자 동방삭 같은 이를.

나의 낭군을.

* *

"사랑 사랑 사랑이야. 태산같이 높은 사랑. 해하같이 깊은 사랑. 남창·북창 노적같이 다물다물 쌓인 사랑. 은하직녀 직금같이 올올이 맺힌 사랑. 모란화 송이같이 펑퍼져 버린 사랑. 세곡선 닻줄같이 타래타래 꼬인 사랑. 내가 만일 없었다면 풍류남자 우리 낭군 황 없는 봉이 되고, 임을 만일 못 봤다면 군자호구 이내 신세 원 잃은 앙이로다."[2]

요즘 옹녀의 입에서는 노래가 끊이지 않았다. 어찌 그러지 않을까. 강쇠 같은 이를 낭군으로 얻었으니 기쁘지 않을 수 없었다. 혼례를 치르기 무섭게 장례를 치러야 했던 옹녀에게 부부의 삶은 상상으로나 해 보던 것이었다.

2   신재효 지음, 강한영 옮김, 『한국판소리 전집』, 서문당, 1996, 271쪽. 〈변강쇠가〉에서 기물타령이 끝난 뒤에 나오는 사랑가 구절로 춘향가 중 사랑가를 변형해 부른 것으로 보인다.

허나 강쇠와 혼인한 뒤로는 그 삶이 일상이 되었다. 반면 고통스러운 현실이었던 청상살은 막연한 공포로만 남게 되었다. 노심초사하였던 마음도 하루하루가 지나가면서 옅어졌다. 생존에 특화된 낭인이라 그럴까. 강쇠는 청상 살을 맞기는커녕 고뿔에 걸리는 법도 없었다.

물론 두 사람의 사랑이 순탄하기만 했던 건 아니었다. 눈치 없는 강쇠 마음을 사로잡아 진짜 부부가 되기 위해 옹녀는 참으로 지난한 시기를 겪어야 했다. 옹녀의 눈물 겨운 노력이 실로 가득했던 나날이었다…. 특히 자신의 손에 남은 상처가 두릅나무 가시 때문이었다는 걸 고백 했을 때는 다시는 그를 못 보는 줄 알았다. 순하디 순했 던 이가 그렇게 매정하게 돌아설 줄이야. 옹녀는 그때만 생각하면 지금도 가슴이 콩닥거리고 눈앞이 깜깜했다.

다시는 자신을 속여서는 안 된다는 말에 옹녀는 옥황 상제부터 시왕신에 이르기까지 알고 있는 신을 모두 읊 으면서 굳은 맹세를 했다. 그 결과 옹녀는 다시 강쇠의 마음을 얻을 수 있었다. 포사를 얻은 유왕도, 말희를 얻은 걸왕도, 달기를 얻은 주왕도, 월 서시를 얻은 오왕 부차 도, 귀비를 얻은 명황도, 초선을 얻은 여포도 자신보다 행 복하지는 않을 것이다. 강쇠 같은 절대가인이 또 어디에 있으랴.

"임자. 임자는 어찌하여 옹녀요?"

옹녀가 부르는 노래를 듣던 강쇠는 삶은 구멍떡에 누룩 섞인 물을 붓다가 고개를 들고 물었다. 폐가를 고쳐 신방을 차린 옹녀와 강쇠는 감주를 빚어 팔아 생계를 이어가고 있었다.

"성이 옹이라 다들 옹녀라고 불렀지."

"허나 옹녀는 옹가 여자라는 뜻이 아니오."

"뭐 옹이 흔한 성은 아니니까."

"그래도…."

강쇠는 속상하다는 듯 고개를 푹 숙였다. 그 모습이 의기소침한 강아지 같았다. 늑대의 몸이었다면 축 늘어진 꼬리도 볼 수 있겠지. 옹녀는 웃으며 그에게 다가갔다.

"이름이 뭐가 중요한가. 어떤 이가 어떤 마음을 담아 나를 부르는지가 중요하지."

옹녀는 고개를 들어 그와 눈을 마주치며 말했다.

"임자, 하고 불러봐. 난 그게 그렇게 듣기 좋더라."

그 말에 강쇠의 양쪽 귀가 붉어졌다. 그는 한참을 망설이다가 나지막이 임자, 하고 옹녀를 불렀다. 옹녀는 깔깔 웃으며 강쇠를 안아 주었다. 그는 익숙하다는 듯 무릎을 굽히면서 옹녀의 어깨에 고개를 파묻었다. 옹녀는 두 팔로 그의 등을 감싸 안으며 이번에는 반드시 백년해로 하

65

겠다고, 누구도 내게서 그를 앗아갈 수 없다고 생각했다.

* *

세상일이 사람 마음대로 되지는 않는다지만 가끔은 사람 마음대로 되기도 하였다. 문제는 나의 마음이 아니라 남의 마음이라는 것이다. 감주를 팔려고 마을을 찾은 옹녀는 마을 어귀에서 대경실색하며 땅바닥에 주저앉고 말았다. 한 번 거른 밑술이 떨어뜨린 술병의 주둥이에서 콸콸 쏟아졌다. 강쇠가 며칠을 고생하며 만든 술이었지만, 지금 술이 중요한 게 아니었다.

방이 붙었다. 개성 장승을 넷이나 살해한 흉수를 찾는다는 방이었다. 그런데 용모파기가, 종이에 그려진 흉수의 얼굴이 강쇠가 아닌가. 누런 종이와 검은 먹물로도 가릴 수 없는 빼어난 용모였다. 옹녀는 칠척장신에 빼어난 미남자라는 글귀를 보고는 마른침을 삼켰다. 큰일이었다. 마을 사람 몇 명도 강쇠를 본 적이 있지 않은가. 자신을 흘깃거리는 사람들의 시선에 옹녀는 쥐가 난 척 다리를 붙잡더니 손가락에 침을 발라 코끝을 툭툭 쳤다. 자신에게 모였던 사람들의 시선이 흩어지자마자 옹녀는 언제 그랬냐는 듯 벌떡 일어나 집으로 달려갔다.

옹녀는 폐가 안에 기껏 채워 넣었던 세간살이를 모두 팽개치고는 강쇠의 손을 붙잡고 밤낮으로 달렸다. 남쪽으로 남쪽으로, 사람이 없는 곳으로. 누구도 강쇠를 알아볼 수 없는 곳으로 말이다. 천하에 둘도 없는 이런 용모를 대체 어디에 숨긴단 말인가. 옹녀는 지나치게 빼어난 강쇠의 용모를 속으로 탓하면서 부단히 발을 놀렸다.

두 사람이 멈춘 곳은 지리산 중 첩첩한 깊은 골에 서 있는 빈집 앞이었다. 임진왜란 때 부자가 피난하려고 지은 건지 오간팔작 기와집이었다. 뜰에는 삵과 여우 발자국이 있고, 뒤꼍에는 부엉이와 올빼미 우는 소리만 들리는 것이 흉가가 된 지 족히 수백 년은 된 것 같았다. 옹녀는 변강쇠에게 말했다.

"우리 이곳에서 살자. 땅을 갈아 밭을 만들어 잡곡을 심고, 갈퀴나무와 비나무 같은 나무를 해다 집에서 때자. 부모 없고 자식 없고 우리 둘뿐이니, 그렇게 살아도 생계는 넉넉하다."

잔말 말고 따르라는 옹녀의 엄포에 군소리 없이 달려오기는 하였으나 강쇠는 기와집을 보고는 붙잡은 손을 놓으며 말했다.

"저 집이라면 안전할 것 같으니 임자는 저기서 지내고 있소. 나는 개성에 갔다 와야겠으니."

"뭐? 아니, 거긴 왜?"

강쇠의 얼굴에 수심이 드리웠다. 하지만 눈빛만큼은 결연했다.

"나를 쫓아왔던 장승은 넷이 아니라 다섯이었소. 아무래도 내가 한 명을 놓쳤던 모양이오. 도망간 이를 찾다가 피 냄새를 맡고 임자를 공격했던 거지."

아뿔싸. 장승이 다섯이었다니. 옹녀는 바위 뒤에 숨었기에 장승의 수를 정확히 헤아릴 수 없었고, 강쇠는 정신을 잃고 폐가로 옮겨졌기에 죽은 장승의 수를 확인할 수 없었다.

"그럼 더 여기에 숨어 있어야지. 거기를 왜 가?"

힘없는 낭인도 닥치는 대로 죽이는 이들인데 늑대로 변하는 낭인까지 보면 더 죽이려고 하지 않겠는가.

"용모파기에는 낭인이라는 말이 없었다고 하지 않았소. 그자도 내게 물렸던 거요. 낭인이 되어 어찌할 바를 몰랐으니, 방이라도 붙여 나를 찾은 거지. 내 도움이 필요한 거야. 내가 낭인이라는 걸 밝히지 않은 이유는, 아무리 생각해도 그것뿐이오."

아이고, 큰일이다. 강쇠의 표정을 보니 그 의지가 지리산 봉우리보다 굳건하였다. 옹녀는 강쇠를 붙잡으려다가 이내 그의 고집을 떠올리고는 체념하며 말했다.

"그럼 나도 같이 가자. 너를 홀로 보내고 나만 여기 있을 수는 없다. 눈을 감아도 네 모습이 떠오르고, 잠을 청해도 네가 보이지 않는 악몽만 꿀 터이니 나도 너와 함께 가련다. 같이 죽었으면 죽었지, 너를 잃고 싶지는 않다."

이번에는 강쇠가 옹녀를 만류하였다. 허나 옹녀가 누구던가. 매년 상부하며 송장을 치우면서도 다시 혼인하던 이가 아닌가. 훼가출송 당해도 파란 봇짐 옆구리에 끼고 산호 은비녀를 쪽머리에 꽂으며 주저 없이 길을 떠났던 이였다. 누구도 옹녀를 막을 수는 없었다.

**

결국 변강쇠는 옹녀의 손을 붙잡고 빈집으로 갔다. 하룻밤 정도는 풍찬노숙을 피하고 싶었으니까. 이곳까지 오느라 지친 옹녀에게 따뜻한 잠자리를 주고 싶었다. 오늘 하루만이라도 그리하고 싶었다. 개성으로 돌아가는 길은 길고도 험난할 테니까. 어쩌면 돌아오지 못할지도 몰랐다.

자신에게 물린 장승은 낭인(狼人)이지만 낭인(浪人)이 아니었다. 그는 낭인을 죽이는 장승이었다. 일부 낭인이 늑대처럼 강한 힘을 가지고 있다는 걸 알게 된다면, 위협

69

이 된다고 판단해 낭인 모두를 말살할지도 몰랐다. 선조들도 겪은 일이 아니던가. 낭인의 존재가 전설로만 남은 것도 그래서였다. 어떻게든 살아남기 위해 자연에 적응했던 선조들은 낭인이 되었지만, 자신과 조금이라도 다른 이를 받아들이지 못했던 인간들에 의해 말살을 당했다. 바위에 몸이 갈려 온전한 시신도 남기지 못했다. 그들이 세상에 남길 수 있었던 건 소문뿐이었다. 그런 존재가 있었다더라, 하는 소문.

허나 변강쇠는 그 소문이 진실임을 드러내는 살아 있는 증거였다. 장승들이 가만있지 않을 것이다. 그를 죽이려고 할 것이다. 어쩌면 이번에 붙은 방도 함정일지 몰랐다. 그를 잡으려고 놓은 덫일지도. 그곳에 어떤 마음이 숨겨져 있는지 변강쇠는 가늠할 수 없었지만, 그 저의가 무엇이든 자신은 가야 했다. 그것이 늑대의 도리였다. 가족을 아끼는 것, 약한 구성원을 배려하는 것, 뒤처지거나 다친 이도 버리지 않는 것, 도움이 필요한 가족을 외면하지 않는 것. 인간은 그 도리를 몰라도 금수인 늑대는 그 도리를 알았다.

변강쇠는 고이 잠든 옹녀의 이마에 입을 맞추면서 다정히 말했다.

"임자. 임자는 갑자생이고 나는 임술생이지. 다른 때에 태어나 다르게 살아왔으나 이렇게 부부가 되었으니 백년해로는 못 하여도 죽을 때까지 해락(偕樂)하다 한날한시에 죽읍시다."

변강쇠의 팔을 베고 있던 옹녀가 몸을 뒤척이더니 그의 품에 고개를 파묻었다. 그는 옹녀의 얼굴과 맞닿은 자신의 저고리 앞섶이 축축하게 젖어 드는 것을 느낄 수 있었다.

* *

숨죽여 울다가 잠든 옹녀는 꿈을 꾸었다. 가내에 장승이 들어찼다. 한 놈씩 줄을 서며 변강쇠의 몸을 건드리더니 말없이 나가는 게 아닌가. 놀란 강쇠가 소리를 내지르려 하였건만 돌덩이가 얹힌 듯 목이 막혀 신음만 새어 나왔다. 곧이어 변강쇠의 몸에 부스럼이 일고, 잔뜩 곪으며 피고름이 고였다. 어디 그뿐인가. 온갖 병이 자리를 잡으며 아우성을 쳐 강쇠는 고통에 몸부림을 쳤다.

그 모습을 지켜보던 옹녀는 통곡하였다. 아, 동티로구나. 장승의 동티를 샀구나. 우리 강쇠 저리 아파서 어찌할꼬. 장승 놈들이 나의 낭군을 짓밟는구나. 강쇠의 몸을 붙잡고 하염없이 눈물을 흘리는데 그를 만나고 느꼈던 감정들이 가슴속에서 부글부글 끓어오르다가 푹 하고 꺼졌다. 고마움, 미안함, 안타까움, 흥분, 애틋함, 따스함 그리고 안정감. 대신 다른 감정으로 얼룩진 기억들이 옹녀의 마음을 들쑤셨다.

따뜻한 집 안에 살았으나 마음이 얼음 안에 있었던, 배는 불렀으나 사랑이 고팠던, 사람들 사이에서 살았으나 홀로 고립되어 있었던 월경촌에서의 삶. 칼날처럼 매섭던 사람들의 눈초리와 화살처럼 날아와 두 귀를 두드렸던 사람들의 말은 자신을 얼마나 힘들게 하였던가. 보란 듯이 집을 부수고 불까지 질러 훼가출송했던 마지막 날에는….

그때를 떠올리자 가슴이 우레처럼 쿵쿵 소리를 내더니 온몸에 피가 돌았다. 피부에는 검은 털이 돋아나고 잇몸에서는 송곳니가 튀어나왔다. 손톱과 발톱이 두꺼워지고 손이 발이 되었다. 네발로 선 옹녀는 새카만 늑대가 되어 코를 쿵쿵거렸다. 멀지 않은 곳에서 장승 냄새가 났다. 내 낭군을 해하려는 장승의 냄새였다. 그녀는 문을 박차고 밖으로 나가 네발로 뛰었다. 바람을 가르며 힘껏 달렸다.

그와 동시에 옹녀는 식은땀에 흠뻑 젖은 채 잠에서 깨어났다. 두 눈을 뜨자마자 고개를 돌려 강쇠를 찾았지만, 그는 자리에 없었다. 가슴이 쿵 하고 내려앉으면서 눈앞이 캄캄해지고 호흡이 가빠졌다. 그런데 들이켜는 숨에서 강쇠의 냄새가 났다. 익숙하면서도 정겨운, 달콤한 향기였다. 옹녀는 덜컹거리는 장지문을 열어 대청을 지나서는 섬돌 위에 놓인 짚신을 신었다. 그의 향이 이끄는 대로 걸음을 옮겼다. 여섯 리는 걸었을까. 옹녀는 동이 트지 않아 어둑어둑한 산기슭에서 강쇠를 발견했다. 그는 어떤 남인과 이야기를 나누고 있었다. 옹녀는 참나무 뒤에 몸을 숨기며 두 사람의 대화를 들었다.

"그건 절대 안 됩니다."

강쇠의 단호한 거절과 함께 사내가 피식 비웃으며 말했다.

"자네는 자기가 가지고 있는 능력이 뭔지를 모르는군."

"사람이 낭인이 되는 것은, 살아남기 위해서입니다. 남을 이기기 위해 낭인이 되는 게 아닙니다."

"내가 그 각성이라는 걸 했다면, 내가 알아서 해결했을 거야. 그런데 아무리 물어도 다른 이를 낭인으로 만들지 못하는 것을 어쩌겠나? 자네라도 찾아내 힘을 빌려야지."

"그건 저도 도와드릴 수 없습니다."

"전국 장승들과 척이라도 질 생각인가? 잊지 말게. 자네가 지리산 산골짜기에 몸을 숨겨도 우리에게는 자네를 찾아낼 능력이 있다는 걸. 그것도 이렇게 빨리 말이야."

"…."

"아, 그렇지. 정확히는 내게 그럴 능력이 있지. 몇 리나 떨어져 있어도 냄새를 맡을 수 있다니 참으로 대단해. 이 능력이 없었다면 지리산을 한참 헤맸을 걸세. 다 자네 덕이야. 각성하지 않았는데도 이러하니, 각성한 낭인이 되면 팔도에 나를 따라올 장승이 없겠지? 참, 용모파기를 보고 주저앉았다는 자네 부인에게도 감사를 전해야겠네. 덕분에 자네 집도 찾을 수 있었고, 자네 냄새도 알게 되었으니까."

"…."

"그 말은 직접 해도 되겠군. 이 자리에 있는데 다른 이에게 말을 전해달라고 하는 건 예의가 아니잖아?"

그 말에 옹녀는 자신이 이곳에 왔다는 사실을 두 사람이 냄새로 알았다는 걸 깨달았다. 옹녀는 걸음을 옮겨 두 사람 앞에 나타났다. 옹녀를 보는 강쇠의 눈빛에는 걱정이 가득했지만, 장승의 두 눈은 먹잇감을 보는 것 같았다. 옹녀 또한 이를 갈며 장승을 노려보았다.

"각성인지 뭔지를 못 했으면, 이빨 빠진 늑대 아닌가?"

낭인이 되면 뛰어난 후각과 초인적인 회복 능력을 얻지만, 각성하지 못하면 맹수가 아니었다. 날카로운 이빨과 손톱을 지닌 늑대의 몸으로 변할 수 없었다. 저자가

74

낭인이 되기는 하였으나 각성하지 못했으니 강쇠를 해하지는 못할 것이다. 하지만 앞으로도 해치지 못할 거라는 보장은 없었다. 이미 전국 장승들이 강쇠를 노리고 있지 않은가. 강쇠가 장승 네다섯을 상대할 수는 있어도, 수십, 수백을 상대할 수는 없을 것이다. 그러니 저자는 죽어야 했다. 저자를 죽이고 다른 곳으로 숨는다면, 강쇠가 늑대의 몸으로 살아야 할지라도 저들의 시선에서 벗어날 수 있을 것이다.

그러나 강쇠는 옹녀의 말에도 묵묵부답이었다. 그는 장승을 해칠 생각이 없었으니까. 옹녀도 그를 탓하지는 않았다. 그것은 그의 천성이었고, 옹녀는 그런 그를 사랑했다. 다만 옹녀는 그처럼 될 생각은 없었다. 옹녀는 머리에 꽂은 은비녀를 움켜쥐었다. 순간 손이 따끔했다. 그러자 강쇠가 입을 열고 외쳤다.

"안 돼. 저자도 좋아서 그러는 게 아니오. 각성하지 못한 낭인은 인간에게 이용당하는 경우가 많으니까. 장승들을 물어 낭인으로 만들겠다는 생각은 인간들이나 할 법한 생각이오. 저자가 했을 리 없어."

"낭인을 죽이던 장승이야. 그런 놈이 낭인에게 물렸다고 갑자기 낭인의 심정을 이해하게 될 것 같아?"

"안 돼!"

옹녀는 강쇠의 외침도 아랑곳하지 않고 산호 은비녀를 휘두르며 장승에게 달려들었다. 허나 왈패였던 장승이 호락호락하게 당해 줄 리 없었다. 장승은 옹녀가 움켜쥐었던 은비녀를 뺏으며 그녀를 힘껏 밀쳤다. 그대로 뒤로 넘어진 옹녀는 믿기지 않는다는 눈빛으로 은비녀를 쥐고 있는 장승을 보았다.

낭인의 약점은 은이 아니었던가?

옹녀는 몰랐다. 낭인은 값비싼 장신구나 화폐로만 쓰이던 은을 접할 일이 없지만, 장승은 그렇지 않다는 것을. 자주 접할수록 면역력이 생기기 마련이었다. 옹녀가 찰나의 순간에 낭인의 약점이 은이라는 걸 깨달았던 것처럼 장승도 그 순간 무언가를 눈치챘다. 낭인의 회복력을 알고 있는 여인이 비녀를 들고 자신에게 달려들었으니 그럴만한 이유가 있을 거라고 말이다. 가령 낭인의 약점이 비녀라든지….

추측은 곧 확신이 되었다.

잠시 비녀를 살펴보던 그는 웃으며 말했다.

"자네 말이 맞아. 장승을 물어 낭인으로 만들자는 생각은 내가 해낸 게 아니거든. 내 의사에 반한다고도 볼 수 있지. 그자들이 강해지면, 내 가치도 덜해질 게 아닌가."

그는 말을 마치자마자 강쇠에게 달려들었다. 옹녀를

구하려고 옹녀 쪽으로 몸을 던지던 강쇠는 예상치 못한 공격에 바로 대응하지 못했다. 게다가 장승은 은비녀를 쥐고 있었다. 강쇠의 마음에 숨어 있던 무의식적인 공포가 그의 순발력을 무디게 만들었다. 날카로운 비녀 끝이 강쇠의 가슴을 파고들면서 저고리가 어둠 속에서 검게 물들었다. 그 모습을 지켜본 옹녀의 머릿속이 새하얗게 물들었다. 아무런 생각도 할 수 없었다. 가슴이 요동치고 호흡이 가빠지면서 알 수 없는 전율이 온몸을 휩쓸었다. 옹녀는 은비녀에 자신이 찔리기라도 한 듯 가슴을 부여잡으며 그 자리에 주저앉았다.

장승은 은비녀를 뽑아낸 뒤 땅에 쓰러진 강쇠를 보았다. 고통에 몸부림치는 걸 보니 다시 일어나지는 못할 것 같았다. 어떻게든 막아야겠다는 생각에 다른 장승들보다 먼저 이곳을 찾았지만, 무슨 수로 없애나 고민하던 차였다. 전설에서 전해지는 것처럼 갈아서 죽일 수는 없지 않은가. 때맞춰 낭인의 약점까지 알게 되었으니 실로 하늘이 자신을 도왔다.

"저승길에 홀로 오르지는 않을 터이니 외롭지는 않을 거야."

그는 양손으로 비녀를 움켜쥐며 강쇠의 목을 겨누었다. 은비녀를 처음 쥘 때는 따끔한 정도였는데 슬슬 자신의 손에도 통증이 일어나기 시작했다. 서둘러 끝내야 했다. 그때 뒤에서 으르렁거리는 늑대 소리가 들렸다.

뒤를 돌아본 장승을 기다리는 건, 황금빛 눈동자를 번뜩이는 검은 늑대였다. 늑대는 곧 장승에게 달려들었고, 커다란 송곳니로 장승의 목을 꿰뚫었다. 장승은 비명도 지르지 못하고 절명했다. 폭포수처럼 뿜어져 나온 피가 대지를 붉게 적셨다.

**

조선 팔도에 이런 소문이 돌았다. 평안도를 뒤흔들었던 청상과부 옹녀의 일곱 번째 서방 변강쇠가 청상살을 맞았다는 소문이었다. 장승 하나가 그를 죽이고 시신마저 갈아 버려 남은 게 고깃덩이와 뼈뿐이라고 했다. 매장을 도와준 매골승과 각설이들이 그 현장을 보고 토악질을 했다나. 이 사실을 알게 된 대방(大方) 장승은 개성 장승을 찾는 방을 전국에 붙였다지만, 그를 찾았다는 소식은 없었다. 옹녀의 행방도 마찬가지였다. 월나라 망한 후에 서시 소식 없고, 동탁이 죽은 후에 초선도 간데없다고 하지 않는가. 사람들에게 옹녀도 그러하였다. 훼가출송당해 낭인이 되어 버린 옹녀의 뒷이야기에는 누구도 관심을 가지지 않았다.

　다만 구걸하는 낭인들 사이에서는 다른 소문이 돌았다. 누구든 지리산으로 오면 사람들의 압제에서 벗어날 수 있다고, 지리산 영물인 검은 늑대와 흰 늑대가 낭인을 지켜 준다는 소문이었다.

작가의 한마디

괴력난신의 봄은 옵니다.

해사

김청귤

심청가

현재까지 전승되는 판소리 다섯 마당 중 하나. <춘향가> 다음으로 뛰어난 문학성과 음악성을 자랑한다. 앞을 못 보는 심학규의 딸 심청이 아버지의 눈을 뜨게 하려고 공양미 삼백 석을 받고 인당수에 몸을 던지지만 하늘이 감동하여 돌려보내고 아버지의 눈도 뜨게 한다는 이야기이다.

뭍에서 볼 때의 바다는 큰 파도 없이 고요하게 고여 있는 곳이었다. 미세플라스틱과 간척지 농사를 위해 개량한 약품들이 땅을 타고 바다로 흘러가는 탓에 죽음의 공간이기도 했다. 그럼에도 불구하고 땅이 점점 줄어들고 있기에, 살아남기 위해 바다를 연구하는 건 꼭 해야 할 일이었다.

땅을 잃고 국가도 잃었다. 지금은 서로의 뜻이 맞아 모인 단체, 즉 회사만이 존재했다. 회사는 땅을 재건하고 식량을 재배하면서도 바다를 연구하기 위해 노력했다.

초반에는 회사 소속의 사람을 바다로 보냈으나 금방 죽어 버렸다. 이 다음에는 큰돈을 걸고 사람을 모집했으나 여전히 일찍 죽어서 선금으로 지급한 돈만 잃었다. 그 후로 바다에 보내기 위해 적응 훈련을 시키고 장비를 만들었다. 성과가 있는지 바다로 나간 사람이 생존하는 시간이 점점 늘어나긴 했으나 결국 죽는 건 변함없었다.

자꾸 사람들이 죽어가니 목숨을 걸 정도로 돈이 급한

이들을 찾기 시작했다. 그들도 죽어 나가는 건 똑같았지만 들어가는 돈이 적어서 회사에서는 싼 값으로 사람을 모집했다.

사람들이 죽는 이유는 뚜렷하게 밝혀진 게 없었다. 바다에 겁을 먹어서인지, 특수 잠수복으로 온몸을 감싸도 죽음이 흘러들어와서인지, 보지 말아야 할 것을 봐서 그런지는 아무도 몰랐다.

이제 나도 알게 되겠지.

내 아비는 간척지에서 하는 농사를 더 빠르게 끝마치기 위해 작물을 급속 성장시키는 약품을 연구했었다. 죽음의 바다를 메우고 씨를 뿌려 약을 치면서 사람이 안심하고 먹을 수 있는 작물을 키운다는 게 쉬운 일은 아니었다. 지금 이 순간에도 육지는 사라지고 있었고, 인간이 살기 위해 바다를 메워 땅을 만들어 내는 건 더뎠다. 6개월 만에, 4개월 만에, 그보다 더 빨리 키워야 했다. 더 많은 결실이 열리게 하는 것도 중요했다. 혹은 더 크게. 열 개먹어야 배가 차는 걸 한 개만 먹어도 배부를 수 있도록.

아비는 연구를 진두지휘하는 똑똑하고 대단한 사람이었으나, 멍청하기도 했다. 위험한 약품들이 가득한 실험실에서 후배 연구원과 섹스를 하다가 약품이 눈에 들어가 눈이 멀게 되었다. 남들에게 말하기도 부끄러운 이유라 연구 중에 불의의 사고를 당했다고 말하긴 하지만. 당연히 연구소에서 퇴출당했다. 그래도 그동안 아비가 한 연구가 있으니 먹고 살 수 있을 줄 알았다.

아비가 만든 친환경적이면서도 작물을 빠르고 크게 키우는 비료가 실패했다는 말을 듣기 전까지는.

"씨발! 그 새끼들이 다 승인한 건데. 나 혼자서 연구한 것도 아닌데 왜 나만 이래야 해!"

그 비료를 써서 키운 쌀은 인간이 먹을 수 없는 쌀이었다. 그 쌀은 어떠한 처리도 하지 않고 모두 바다로 사라졌다. 인간은 먹을 수 없지만 물고기는 먹어 치울 수 있다고 생각한 걸까? 바다는 아주 넓고 깊어서, 그 정도쯤은 버려도 아무 영향을 줄 수 없다고 생각한 걸까? 식량을 키운 간척지 또한 오염되어 복구하기까지 시간이 걸렸다. 회사의 실패는 아비 개인의 실패로 전가되었고, 눈 먼 아비는 막대한 빚을 갚을 길이 없었다.

빚이 있다는 걸 알게 되니 도망치고 싶었다. 그러나 인간이 살 수 있는 땅은 한정적이라 도망치는 것도 쉬운 일이 아니었다. 빚에 짓눌려 삶의 의욕을 잃어버렸다. 차라리 바다에 빠져 죽는 게 낫지 않을까 싶었다. 이런 내 생각을 알았던 걸까. 아비는 온동네에 내가 아비 대신 빚을 갚겠다고, 바다로 들어가 돈을 벌어 눈을 뜨게 해 줄 거라는 소문을 냈다. 나는 효녀 심청이었으니까, 사람들은 나를 안쓰럽고 가엾게 여기는 게 아니라 마땅히 그리 할 자식으로 보고 아비를 칭찬했다.

어쩜 그렇게 딸을 잘 키웠어요? 홀아비가 장가도 안 가고 혼자 딸을 키우더니, 딸이 보답하려나 보네요. 청이가 학규 씨를 닮았어요. 청이가 너처럼 똑똑하진 않아도 심성이 저리 고우니 학규 네 복이다, 복.

나는 그 소리를 들으며 아니라고 하고 싶었다. 아니에요, 아버지는 눈이 멀기 전에도 집에서 손 하나 까딱하지 않았어요. 저에게 어미 잡아먹은 값을 치르라고 했다고요. 내다 버릴 수도 있었는데 키워 준 보답을 받아야겠다며 웃었단 말이에요. 그래서 성인이 되면 집을 나갈 거라고 벼르고 있었는데….

모든 걸 포기하고 방을 정리했다. 버릴 건 버리고 먼지가 쌓이지 않도록 물건을 서랍이나 장롱 안에 집어넣는 중이었다.

"같이 도망가자."

"말이라도 고마워."

1인 잠수정은 아주 작아서 따로 챙길 수 있는 게 별로 없다고 들었다. 엄마가 날 낳다 죽고, 아버지는 엄마와 관련된 모든 걸 버렸다. 그래서 난 엄마 얼굴도 몰랐다. 그리워하려 해도 그리워할 게 없어서 엄마 생각으로 괴로워하거나 슬퍼할 수 없었다. 내 슬픔은 오로지 연우뿐이었다. 무사히 돌아와 연우를 만날 수 있을까.

"얼른 사진이나 같이 찍자. 좀 웃어 봐."

"지금 웃음이 나와? 나와 같이 가면 다른 회사에서도 반겨 줄 거야."

"그래 그래. 너 똑똑한 거 알아. 웃어 보라니까?"

카메라를 들고 이리저리 각도를 재 보는데 연우의 얼굴이 풀릴 생각을 하지 않았다.

"아니면 내가 돈을 갚겠다고 하면…."

"연우야."

나는 연우를 부르며 다물 생각을 하지 않는 연우의 입술 위에 입을 맞췄다. 찰칵. 때맞춰 사진을 찍었다. 벌겋게 달아오른 연우를 뒤로한 채 사진을 확인했다. 각도 좋고, 조명도 좋았다. 옆모습만 나온 게 아쉬우니까 이번에는 정면 보고 예쁘게 웃으라고 해야지.

"너, 너…."

그러나 연우는 울고 있었다. 눈이 커서 눈물방울도 큰 것 같았다. 그 모습이 귀여워서 웃으면서 사진을 찍었다.

연우는 빨개진 채 눈물만 뚝뚝 흘리다가 이내 엉엉 울고 말았다. 그 사랑스러운 모습에 카메라를 내려놓고 연우를 끌어안았다.

"울지 마. 난 죽지 않아. 살아 돌아올 거야. 네가 여기 있잖아. 꼭 돌아올게."

연우도 나를 끌어안았다. 어디로도 갈 수 없도록 아주 강하게 끌어안아서 숨이 막혔다. 차라리 이대로 죽어 버리면 네 마음속에 영원히 살아 있지 않을까. 그런 생각이 떠올라서 연우의 어깨에 얼굴을 묻었다. 나는 죽지 않을 것이다. 살아남을 거야.

"꼭 돌아올게."

회사로 들어가 1인 잠수정을 운전하는 방법과 특수 잠수복을 입고 벗고 활용하는 방법, 수리하는 방법 등을 배웠다. 한 번도 해 보지 않은 일이라 어려웠지만, 어설프게 익힌다면 죽음에 더 가까워지니까 이를 악물고 배웠다.

특수 잠수복은 깊은 바닷속에서도 압력을 느끼지 않고 원활하게 활동할 수 있게 해 주며 산소탱크 없이도 자체적으로 물속에 있는 산소를 끌어와 숨을 쉴 수 있게 해 준다고 했다. 이건 회사의 기밀이라 어떻게 수리하는지도 알려 주지 않아서, 산소 시스템이 고장 나면 곧장 잠수정으로 돌아가 수리 시스템을 작동해야 했다.

잠수정에서 바닷속 생물들을 찍고 스캔할 수 있었으나 바위틈 사이에 있어 잠수정이 접근할 수 없는 곳이나 실질적인 샘플 채취를 위해서는 잠수정에서 내려 직접 움직여야 했다. 회사는 자료가 다양할수록 좋다며 회사에서 개발한 특수 잠수복을 믿고 바닷속을 돌아다녀 달라고 했다.

말은 그렇게 했지만 자신들이 만든 잠수정과 특수 잠수복 성능이 얼만큼 좋아졌는지 확인하려는 것 같았다. 내가 어떻게 되는지는 아무 상관없겠지. 이런 속내를 숨기며 회사 사람의 말에 알았다고 수긍할 수밖에 없었다.

내가 이렇게 공부하고 노력하는 동안에도 일종의 교육비와 생명 수당이 나오고 있었다. 그것은 당연히 아버지에게 흘러갔다. 너는 어차피 회사에서 먹여 주고 재워 주지 않느냐, 눈먼 아비가 홀로 집에 있는데 불안하면 네가 어떻게 맘 놓고 일을 하겠느냐. 다 궤변이었지만 이 또한 수긍했다. 그걸로 빚을 갚든, 아버지가 술을 마시든 상관없었다. 바다에 대해 알면 알수록 살아남을 수 있다는 가능성이 줄어들었으니까. 공부하고 훈련을 할수록 죽음에 더 가까워지는 걸 깨달을 뿐이었다.

"지금이라도….."

"보고 싶을 거야."

바다로 떠나는 나를 배웅하러 온 건 연우뿐이었다. 연우가 무슨 말을 하고 싶은지 알아서 재빨리 막았다. 여기에는 나와 연우만 있는 게 아니라 회사 사람도 있었다. 연우의 생각을 안다면 연우에게 무슨 짓을 할지 몰랐다. 물론 연우가 너무 똑똑해 다른 회사로 소속을 옮기지 않게 회사에서 특별히 보호하는 인물이라고는 하나, 가질 수 없으면 부숴 버리는 게 회사였다. 나는 연우를 잃고 싶지 않았다.

"6개월 뒤에 보자."

"꼭, 꼭 와야 해."

"응, 약속할게."

어떤 사람이 바닷속에서 6개월씩 두 번, 총 1년을 보내고 올라왔는데 원인 모를 병을 앓다가 죽었다는 말을 들었다. 연구원은 그 시체를 비싸게 주고 사 와 연구 중이라며 나에게 그 연구를 토대로 만든 각종 예방주사를 놔 줬다. 죽어서도 내 몸은 비싸게 팔리겠구나. 개 같은 아버지에게만 좋은 일을 시킬 수 없었다. 죽을 것 같다면 바다에서 죽어야겠다고 생각했다. 그래도 살고 싶었다.

지금의 나는 미성년이라 아버지의 동의 없이 결혼할

수 없었으나, 6개월만 버틴다면 내 의지로 연우와 결혼할 수 있었다. 아버지의 그늘만 벗어나면 빚을 갚기 위해 목숨을 걸지 않아도 됐다. 그 사람은 1년이라는 시간 동안 바다에 있어서 죽은 걸 수도 있다. 6개월 정도 있는 건 괜찮을지도 몰라. 돌아오면 연우와 행복해지고 싶었다.

다른 사람들 앞에서 키스하고 싶진 않아서 연우를 꽉 끌어안았다. 연우의 품은 따뜻하고 포근해서 영원히 이렇게 있고 싶었으나, 나는 가야 했다.

"안녕."

연우가 울고 있었으나 뒤를 돌아보면 무너질 것 같아 앞만 봤다. 울지 않으려고 노력했다. 나는 다시 돌아올 테니까.

배를 타고 가는 동안 나에게 나쁘게 구는 사람은 없었다. 동네 사람들은 내게 효녀라 했지만, 뱃사람들은 나를 가엾게 여겨 줬다. 혹시 누군가의 도움으로 도망갈 수 있지 않을까? 잠시 그런 생각을 하긴 했지만 지워 버렸다. 처음 보는 여자애를 위해 희생할 사람은 아무도 없었다.

뱃머리에 서서 차가운 바닷바람을 온몸으로 맞았다. 인간의 눈에는 죽어 가는 바다이나, 새들은 바다 위를 맴돌며 괴상하게 생긴 물고기를 사냥하고 있었다. 나도 모르게 손을 내밀었지만, 새는 나를 본 척도 하지 않고 지나갔다.

"심청 씨, 안으로 들어오세요. 갑자기 파도가 심해지고 있습니다!"

정말이었다. 갑자기 바다 한가운데에서 바람이 불고 물결이 거세게 치더니 안개까지 뒤섞이고 있었다. 아직 목적지에 도착하려면 멀었는데 사면이 검고 어둑해져 경쾌하게 들리던 새소리마저 음산하게 느껴지기 시작했다. 파도가 배를 탕탕 두드리고 물결은 우르르르 출렁거리고 있었다. 이렇게 강한 파도는 처음인지 사람들은 어찌할 바 모른 채 우왕좌왕했다. 커다란 배가 휘청거리는 게 온몸으로 느껴졌다. 안으로 들어가는 것보다 배 옆에 매달려 있는 잠수정이 더 가까웠다.

최대한 바람과 파도의 영향을 덜 받기 위해 기어서 잠수정으로 향했다. 위태롭게 흔들리고 있었지만, 그동안 연습한 대로 잠수정 문을 열고 들어갔다. 이때 갑자기 배를 뒤덮는 큰 파도가 몰아쳤다. 문을 닫기 무섭게 잠수정이 파도에 휩쓸려 배에서 떨어졌다. 바다로 들어가기도 전에 이리 죽는 걸까. 안전벨트로 몸을 고정했어도 이리저리 흔들리는 통에 정신을 차릴 수 없었다. 암전이었다.

눈을 뜨니 이곳이 어딘지 알 수 없는 바닷속이었다. 잠수정의 시동을 켜자 한 시간 전에 전해진 음성 파일이 있다는 안내문이 떴다. 화면을 누르자 감정이 절제된 목소리가 소식을 전해 왔다.

"심청 씨, 당신이 배에서 내리자 바다가 잠잠해졌습니다. 그곳이 연구소에서 원하는 포인트가 아니긴 하지만, 사람들이 당신을 다시 배에 태우는 걸 꺼려합니다. 심청 씨가 그곳에서부터 이동하면서 샘플을 채취하기 바랍니다. 앞으로 6개월 후에 봅시다."

괜찮냐, 무사하냐는 말은 없었다. 그 사실이 무언가 허탈해 자리에 앉아 멍하니 창을 바라봤다. 그러나 어두워서 보이는 거라곤 엉망이 된 내 모습뿐이었다. 그래도 모두 무사하다니 다행이라고 해야겠지. 그 사람들이 6개월 뒤에 날 데리러 올까? 다른 사람이 오면 좋겠다. 날 무서워하거나 이상하게 보는 시선을 마주하고 싶지 않았다.

우선은 자자. 아무것도 생각하지 말고 자야 할 것 같았다. 잠수정이 물살에 떠밀려 이동하지 않도록 고정한 후 안전벨트를 풀었다.

1인 잠수정이라 작긴 해도 있을 건 다 있었다. 접이식 침대와 정화가 되는 화장실, 바닷물을 정수해 식수로 만드는 정수기, 6개월 동안 먹을 칼로리바. 속이 허했지만 식욕은 없었다. 소파를 펴서 침대로 만들어 그 위에 누웠다. 담요를 펴서 몸을 덮었는데도 추위가 느껴졌다. 잠수정은 온도와 습도가 일정하게 유지되는데 왜 이리 추운지 모르겠다. 나는 몸을 한껏 웅크린 채 잠을 청했다.

자고 일어나니 축 처졌던 마음이 나아졌다. 칼로리바는 초코맛이었다. 진한 단맛을 먹으니 기분이 조금 좋아졌다. 희미한 조명 아래 특수 잠수복을 입고 정화 탱크와 카메라 겸 스캐너까지 허리에 찼다. 중간 문을 차단하고 바다로 나가는 문을 열었다.

압력이 느껴지지 않아서 그런지 그저 빛 한 점 없는 밤하늘에 떠 있는 것 같았다. 나도 모르게 발장구를 치며 자유롭게 헤엄쳤다. 손가락 사이를 가르는 물살이 느껴졌다. 특수 잠수복을 입고도 이리 기분이 좋은데 맨살로 느끼는 기분은 어떨까 궁금해졌다. 물은 차가울까 따뜻할까. 머리카락이 흩날리는 건 어떤 느낌일까. 은은하게 빛나는 해초는 보드라울까 딱딱할까.

"돌고래…?"

돌고래는 책으로만 봤었다. 바다에는 식량으로 삼지 못할 정도로 고약한 맛을 내거나 기이한 모습으로 변한 물고기들과 어패류, 원형이 무엇인지 알 수 없는 산호초들 정도만 있다고 배웠는데….

돌고래는 책에 있던 사진대로 생긴, 옛날의 돌고래였다. 지느러미가 다섯 개도 아니고, 머리가 갈라져 두 개처럼 보이지도 않았고, 이상한 얼룩무늬가 있지도 않은 돌고래. 딱 봐도 나보다 작은 걸 보니 어린 돌고래 같았다.

나도 모르게 가까이 다가온 돌고래의 지느러미를 향해 손을 뻗자, 돌고래가 속도를 빠르게 해 내게서 멀어졌다. 돌고래의 꼬리에서부터 흐르는 물결이 내 몸을 휘감았다. 그게 마치 물살로 나를 간지럽히는 것 같아 웃음이 나왔다. 내가 깔깔거리고 웃자 멀어졌던 돌고래가 다가와서 내 주위를 맴돌았다.

버튼을 누르자 종아리 뒤쪽에 감춰져 있던 물갈퀴가 발바닥에 펼쳐졌다. 천천히 발을 구르자 아까보다 저항이 느껴지긴 했지만 잠수복 덕분에 헤엄치는 건 수월했다. 나와 돌고래는 조금 거리를 둔 채 따로, 그러나 함께 바다를 유영했다. 어딘가에 이 돌고래의 가족들이 있는지 초음파가 느껴졌다. 그걸 들은 돌고래는 초음파가 온 방향을 향해 사라졌다.

사람들이 아무리 바다가 죽었다고 해도, 사람들에게 이득이 되지 않을 뿐 바다는 여전히 잘 살아 있었다.

산호초를 살펴보다가 묻혀 있는 땅을 확인했다. 힘을
주니 살짝 들어가는 게 손으로 파낼 수 있을 것 같았다.
쪼그리고 앉아서 손가락으로 살살 살살 파냈다. 뿌리가
어디까지 연결됐을지 몰랐다. 만져지는 걸 확인하고 그
주변을 파내다 보니 뿌리가 서로 얼기설기 엉켜 있는 게
보였다. 그것을 보다가 스캔할 생각을 버렸다. 회사에서
데이터를 확인하면 당연히 실물을 가져올 거라 생각할
테니, 아예 처음부터 없던 것처럼 할 생각이었다.

열심히 파낸 것들을 다시 꾹꾹 덮어 주다가 손을 놓고
말았다. 이것은 흙이나 모래가 아니라 경도가 약한 바위
라 다시 묻을 방법이 없었다. 이렇게 뿌리가 훤히 드러난
상태가 오랫동안 계속되면 결국 죽게 되는 걸까? 내가 죽
인 것 같아 자리를 떠날 수 없었다. 그때였다. 한 돌고래
가 가까이 다가와서 산호초를 먹기 시작했다.

들릴 리가 없는 아삭거리는 소리가 들리는 것처럼 맛
있게 먹는 모습은 보니 웃음이 나왔다. 이번에는 손을 내
밀지 않고 가만히 돌고래를 바라봤다. 내가 괜한 산호를
건드린 게 아니라 다행이었다. 인간도 먹을 수 있는 걸
까? 잠수정으로 가져가서 먹어 보는 건 망설여졌다. 돌고
래는 산호 이파리만 뜯어먹고 있었다. 모래 위에서 자라
는 산호였으면 뿌리까지 딸려 올라왔겠지만, 바위라 뿌

리가 남아 있는 것 같았다.

돌고래가 먹다가 새어 나왔는지 뿌리까지 달린 산호가 물속을 둥둥 떠다니는 것이 보였다. 돌고래의 눈치를 보며 산호에 손을 뻗는데 돌고래와 눈이 마주쳤다. 내가 움직임을 멈추자 다시 시선을 돌려 산호초를 뜯어 먹었다. 나는 조심스럽게 산호초를 잡고 주머니 안에 넣었다.

이제 다른 곳으로 향하려는데 돌고래가 다가왔다. 내가 만지려 했을 때는 멀어지더니, 내가 멀어지자 다가오는 걸 보니 웃음이 나왔다. 돌고래는 내 앞에 멈춰서 등지느러미를 내밀었다. 마치 악수를 청하는 것 같았다. 손을 내밀어 등지느러미를 만지자 울퉁불퉁하게 파인 자국이 느껴졌다. 위아래로 몇 번 매만지자 이제 그만 만지라는 듯 몸을 뒤틀더니 내게서 멀어졌다.

"내 이름은 심청, 청이야. 만나서 반가웠어."

돌고래는 뒤도 돌아보지 않고 어둠 속으로 사라졌다.

그 후로 그 돌고래는 몇 번 내 근처로 다가왔다. 스캐너로 다른 산호초들을 스캔하는 걸 유심히 보더니 제게도 해 달라는 듯 몇 번 스캐너를 입으로 물었다. 처음에는 안 된다고 했는데 계속 장난을 쳤다. 스캐너로 스캔하는 시늉을 했더니 좋아서 내 주위를 빙글빙글 돌았다.

스캔은 할 수 없었다. 멀쩡히 돌고래가 돌아다니는 걸 보면 잡아 와서 양식을 시도할지도 몰랐다. 혹은 돌고래를 죽여 바다의 독성을 빼낼 방법을 연구할 수도 있었다. 양식이든 연구든, 멀쩡한 돌고래의 존재를 알면 인간들이 눈에 불을 켜고 사냥할 게 분명했다.

"그러고 보면 돌고래는 물 위로 올라가서 숨을 쉰다는데…. 왜 돌고래를 발견했다는 말을 들은 적이 없지?"

바다 아래로 들어가는 건 목숨을 걸어야 했지만, 땅에서 땅으로 가는 방법이 바닷길뿐이라 배를 타고 돌아다니는 경우는 꽤 많았다. 그럼 분명 눈에 띄었을 텐데…. 그러다가 문득 여기 더 적합하게 진화해서 보통의 물고기처럼 물 밖으로 나가지 않아도 괜찮아진 걸 수도 있겠다는 생각이 들었다.

"너희들도 너희만의 방식으로 살아가고 있구나. 다행이야, 사람들에게 들키지 않아서."

돌고래는 내 말을 알아듣는 것처럼 나를 빤히 바라보더니 옆구리에 있는 지느러미를 잡으라는 듯이 내밀었다. 내가 가만히 있자 지느러미를 흔들기까지 해서 잡을 수밖에 없었다. 나보다 작으면서 힘은 얼마나 강한지, 꼬리질을 할 때마다 앞으로 쑥쑥 나갔다.

어느 정도 갔을까. 더 가면 잠수정까지 돌아가기 힘들 것 같아 손을 놓았을 때였다. 갑자기 돌고래가 저만치 멀어지며 거센 물살이 나를 떠밀었다. 바닷속에 빠질 때보다 더 거칠어서 정신을 차릴 수 없었다. 잠수복이 망가지면 죽을 수밖에 없는데! 가슴에 달린 제일 중요한 시스템 장치를 끌어안았다. 정신을 차리려고 했지만 세탁기에 담긴 빨래처럼 이리저리 흔들리는 통에 눈을 뜰 수도 없었다.

정신을 차려 보니 어딘가에 누워 있었다. 눈을 깜빡거리는데 얼굴로 축축한 게 느껴졌다. 깜짝 놀라 손을 올리니 헬멧은 어디 가고 맨얼굴이었다. 내 잠수복! 벌떡 일어나 주위를 살피는데 아주, 아주 거대한 뱀이 나를 바라보고 있었다. 정말, 나 같은 건 한입 거리도 되지 않을 만큼 거대했다.

푸른 비늘 하나하나가 은은하게 빛이 났는데, 너무 거대해 비늘이 많다 보니 이 공간을 환하게 밝혔다. 뱀 머리에 달린 구불거리는 뿔이 하늘 위로 솟아 있었다. 뿔을 따라 고개를 들어 보니 끝이 어딘지 가늠이 되지 않지만 천장이 있는 곳이라는 걸 알 수 있었다. 숨도 쉴 수 있으니 물살에 휩쓸리다 못해 물 밖으로 튀어나온 걸까? 물

밖이라면 다행이었지만 저 뱀이 나를 잡아먹을 수도 있었다. 멍하니 뱀을 바라보는데 누군가 말을 걸었다.

「내 몸에 박힌 걸 뺄 수 있겠는가.」

나 말고 다른 사람이 더 있는 줄 알고 주위를 둘러봤지만 아무도 없었다. 대신 내 뒤에 있는 물을 확인할 수 있었다. 숨을 크게 들이마시자 짠 내가 훅 하니 들어왔다. 바닷물이었다.

「다시 묻겠다. 내 몸에 박힌 걸 뺄 수 있겠는가.」

입으로 직접 말하는 것 같진 않았다. 머릿속에 직접 전달되는데 그게 또렷한 음성은 아니고 마치 파도가 치는 것처럼 찰랑거리는 느낌이었다. 내가 멍하니 서 있자 뱀이 스르르 움직였다. 움직일 때마다 비늘에서 흘러나오는 빛이 일렁거렸다. 그 사이로 빛이 끊기는 느낌이 드는 부분이 있었다. 자세히 보니 무언가 뱀의 몸을 찌르고 있었다. 나는 멈칫거리면서도 뱀에게 가까이 다가갔다. 뱀의 몸을 찌르고 있는 건 다행히 아래쪽에 있어서 쉽게 잡을 수 있었다.

"이건 일직선으로 꽂혀 있나요, 휘어져 있나요?"

「일직선이다.」

"그나마 다행이에요."

한쪽 발은 땅에, 다른 쪽 발은 뱀의 몸을 밟고 두 손으로 그 무언가를 잡고 당겼다. 아무리 힘을 써도 나오지 않았다. 가슴팍을 더듬어 보니 시스템 장치가 멀쩡했다. 나는 시스템을 통해 잠수복의 파워 출력을 높였다. 두 손으로 잡고 당기자 아까는 꼼짝도 하지 않던 것이 슬슬 딸려 나왔다. 아마 오랫동안 꽂혀 있던 탓에 살끼리 엉겨붙어 있는지 피가 배어 나오기 시작했다.

"다 뽑았어요!"

뱀을 괴롭히고 있던 건 옛날에 해양지질탐사를 위해 바다로 내리꽂았던 미니 로켓 같았다. 녹이 생기는 재질이 아닌 터라 낡긴 했어도 아직까지 로켓의 형태를 유지하고 있었다. 뱀의 몸에 꽂혀 있을 때는 멈춰 있었는데 뽑으니까 자동 시스템이 가동하는지 불이 들어오는 게 보였다. 나도 모르게 바닥에 거세게 내리쳤는데, 어찌나 튼튼했는지 부서진 부분이 없었다.

"이게 있으면 이곳 위치나 주변 환경 등을 다 알게 될 거예요!"

그러자 뱀이 기나긴 몸 일부분을 틀어 로켓 위를 지그시 눌렀다. 땅이 파이지도 않았는데 몸을 치우니 로켓이 형체도 없이 바스러져 있었다. 이제 나는 어떻게 해야 하지? 뱀의 모습을 바라보는데 어디에 있는지 보이지 않던 꼬리가 내게 다가왔다. 뱀이 워낙 커서 꼬리도 나보다 더 컸다. 그 꼬리가 나를 스르르 휘감았을 때, 이렇게 죽는구나 싶었다. 심장은 터질 것 같은데 비명도 나오지 않았다. 움직이면 꼬리가 날 힘주어 터뜨릴 것 같았다.

그러나 뺨에 닿는 비늘이 서늘하면서도 너무 매끄러웠다. 빛나는 이끼 위를 쓰다듬는 물결을 망설임 없이 베어내 납작하게 만든 것 같은 무늬도 아름다웠다. 이 뱀님은 바다의 왕인 걸까? 나도 모르게 비늘에 고개를 묻었다.

"제가 뭐라고 부르면 될까요?"

「해사.」

"해사 님…."

「날 높여 부르지 마라. 바다와 하늘이 존재하듯, 나 또한 그러할 뿐이니.」

꼬리가 나를 조금 더 강하게 조였다. 마치 안아 주는 것 같아서 웃음이 나왔다. 근데 왜 눈물이 나오지. 내 눈물을 받은 비늘이 물기 어린 빛을 냈다. 파랗게 일렁이는 빛 속에서 그렇게 한참 동안 안겨 있었다.

그 후로 가끔 해사를 만났다. 어여쁜 이름이었다. 몸속에서 기이한 열기가 들끓을 때면 동굴로 와서 잠수복을 벗고 해사 옆에 머물렀다. 온세상이 뜨거운데 해사만 서늘한 것 같았다.

해사가 있는 동굴에서는 신기하게 숨을 쉴 수 있었다. 끝이 보이지 않을 만큼 거대한 물웅덩이가 바다와 연결된 통로였다. 돌고래나 고래같이 숨을 쉬어야 하는 동물들이 이곳으로 온다고 했다. 바로 나처럼.

"해사, 저 여기서 자도 돼요?"

「깔려 죽을까 무섭지도 않느냐?」

"안 그러실 거잖아요. 잠버릇 없으시죠?"

「그래. 아주 얌전히 잔다.」

어느새 잠도 해사 옆에서 자기 시작했다. 해사의 몸에서 자라나는 것만 스캔해도 밖을 돌아다니는 것보다 더 많이 스캔할 수 있을 것 같았다. 해사는 손이 닿지 않아 정결히 하기 어려운 부분을 내게 맡길 테니, 마음대로 하라고 했다. 해사의 몸을 마음껏 만질 수 있는 건 큰 기쁨이었다. 게다가 푸르고 붉은 산호들을 만지는 느낌도 생소했다. 어떤 건 딱딱하고 어떤 건 말랑거렸다. 스캔을 해보면 독성이 있다고 하는데 내가 멀쩡한 것도 신기했다.

신기한 게 또 있었다. 분명 이 산호초나 조개들은 바닷속에서 자라는 건데 해사의 몸 위에서도 무럭무럭 자라나고 있었다. 물속에 사는 것들이 물 밖에 나오면 삐쩍 말라 죽을 텐데.

"진짜 바다신 아니에요?"

「잔말 말고 그 옆에 있는 것이나 시원하게 잘 닦아 보아라.」

내 손바닥보다 더 큰 조개가 해사 몸에 달라붙어 있었다. 해사가 다치지 않도록 모종삽으로 살살 두드리고 긁어내며 뗐다. 해사가 생으로 먹을 수 있는 거니 먹어 보라고 하지 않았으면 바로 물속으로 던졌을 것이다. 조개 껍데기를 깨뜨리자 뽀얀 살이 나왔다. 너무 커서 한입에 넣기는 어려워 베어 물자 짭조름한 물이 톡 터져 나왔다. 별로 씹지도 않았는데 사르르 녹는 것 같았다. 처음 느낀 맛은 감격스러울 정도였다. 자연스럽게 연우가 생각났다. 연우에게도 맛있는 걸 주고 싶었다. 그러나 들고 가면 다 빼돌리지도 못하고 다 회사가 가져갈 것이다. 그럴 바에야 내가 다 먹는 게 나을 것 같았다.

그때부터 해사가 먹어 보라고 권하지 않아도 우선 입에 넣고 봤다. 입안이 찌릿찌릿해지는 것, 너무 질겨서 씹을 수 없는 것, 짠맛이 하나도 느껴지지 않는 수분이 가득한 것, 면처럼 호로록 먹을 수 있는 것 등 다양한 게 있었다. 나는 그중에서 도저히 먹을 수 없는 걸 몇 개 골랐다. 회사에 이런 걸 내밀면 바다를 연구할 생각은 점점 버리지 않을까 싶었다.

나는 해사 곁에 머물면서 해사에게서 자라난 맛있는

것들을 먹으며 포동포동 피어났다. 늘 예민하게 나를 감싸느라 아무리 먹어도 살이 찌지 않았는데, 먹고 싶을 때 먹고 자고 싶을 때 자고 해사 주위를 돌아다니니 몸도 마음도 여유로워졌다. 해사의 뿔에 기대어 같이 낮잠을 자기도 했다.

어떤 날은 나와 인사한 돌고래와 함께 바다를 헤엄쳤다. 돌고래를 통해 다른 돌고래와 인사도 했다. 아무리 잠수복을 입어도 바닷속에 오래 있는 건 몸에 안 좋은 영향을 준다 했는데, 나는 날이 갈수록 건강해졌다. 비장한 마음으로 살아 돌아가겠다고 다짐하던 걸 떠올리면 부끄러울 지경이었다.

"해사, 육지의 것 좀 맛보실래요?"

「네가 먹어치울 수 없어서 내게 먹이는 것이 아니고?」

그러면서도 내가 내민 에너지바를 보더니 코웃음을 쳤다. 그 커다란 콧구멍에서 흥, 하는데 날아가는 줄 알았다. 해사가 꼬리로 감싸 주지 않았다면 정말 데굴데굴 굴러 바다에 빠졌을지도 모를 일이었다.

「그 조그만 것으로 맛이나 느낄 수 있겠느냐? 있는 걸 다 내놓거라.」

에너지바는 잠수정 내에서 부피를 최대한 덜 차지하기 위해 작게 만들었다. 하루에 두 개 정도 먹으면 활동

할 수 있는 칼로리와 영양소가 담겨 있었지만, 허기진 건 어쩔 수 없었다. 남은 에너지바를 다 드려도 내가 하루에 이거 하나 먹은 것보다 못할 것 같다는 생각에 웃음이 났다. 깔깔 웃으면서 얼굴을 바닥에 붙이고 내가 겁먹지 않도록 아주 조금만 벌린 해사의 입 사이로 에너지바를 던졌다.

이제 바다에 온 지 6개월이었다. 물 밖으로 돌아갈 시간이었다. 계속 이곳에 있고 싶었으나 연우가 그리웠다.

"그동안 감사했어요."

「잘 가거라.」

"앞으로 몸에 이상한 거 박히지 않게 조심해야 해요. 잘 지내세요."

나는 해사의 오른쪽 뺨에 온몸을 기대어, 내가 할 수 있는 만큼 해사를 끌어안고 돌아섰다. 물까지 가는 동안 몇 번이나 뒤를 돌아봤는지 모르겠다. 해사는 꼬리를 흔들더니 내 쪽으로 내밀다 못해 물속에 꼬리를 살짝 담갔다. 내가 가는 길이 어둡지 않도록 밝혀 주는 것 같아서 나도 웃으면서 손을 흔들었다.

계약 기간은 6개월이었는데, 나도 모르는 사이에 개 같은 아비가 6개월을 더 연장했다고 했다. 그 때문에 육지로 돌아와도 회사 사람 외에 다른 사람을 만날 수 없었다. 내가 가져온 샘플이 다양하고 특별해서 그런지 월급과 생명 수당을 올려 준다는 말과 함께 나를 달래듯이 연우의 편지를 건네줬다. 그게 아니었으면 난동을 부리다 제압당했을지도 모르겠다. 회사에 감금당한 동안 연우의 편지를 읽었다. 매일매일 쓴 건지 양이 너무 많아 하루에 다 읽을 수 없을 것 같았다. 가져갈 수 있으면 좋을 테지만, 회사가 허용하지 않을 것이다. 연우와 함께 찍었던 사진도 내 손에 없었으니까.

영화, 소설, 노래, 편지 그 어느 것도 가져갈 수 없었다. 어쩌면 사람들이 버티지 못한 건 언제 죽을지도 모르는 위험 속에만 내몰려서라는 생각이 들었다. 잠깐의 안정감도 없이, 눈을 뜨면 어둠 속에서 기이한 게 나타나는 창을 봐야 하고, 잠수정을 벗어나 회사에서 제공한 특수 잠수복만 믿고 돌아다녀야 했다. 내가 행운을 누리고 있다는 게 아주 잘 느껴졌다.

샘플들이 마음에 들었는지 회사는 내가 원하는 걸 하나 가져갈 수 있게 해 주었다. 연우의 편지들을 원했으나, 회사는 딱 하나만 가져갈 수 있다고 했다. 이것도 특혜라고 했다. 부피가 얼마 되지도 않는데 더 가져갈 수 있게 해 달라 했으나 꿈쩍도 하지 않았다. 나는 울음을 삼키며 편지 하나만 골라 다시 바다로 돌아올 수밖에 없었다.

전과 다른 배와 나를 문제 인물로 보는 낯선 사람들 속에서 언제 또 파도가 칠지 모른다는 긴장감 때문에 머리가 아팠다. 다행히 바다는 잔잔했고, 내가 내렸던 곳이 좋은 포인트라고 생각했는지 거기서 크게 벗어나지 않는 곳에 배를 세워 주었다. 나는 어떠한 인사도 없이 바다로 들어갔다.

밑바닥에 도착해서 잠수정을 고정한 후 편지를 읽었다. 연우는 내 아버지처럼, 아니 그보다 더 똑똑했다. 생일이 나보다 빨라 먼저 성인이 된 연우는 내가 잡혀 있는 회사와는 다른 곳에 들어가 연구를 하고 있다고 했다. 연우라면 바다에 영향을 주지 않고도 작물의 성장 속도를 높이는 방법을 찾아 아주 많은 돈을 벌 수 있을 것이다. 연우는 분명 그럴 수 있겠지. 그러나 내가 닥치는 대로 읽었던 편지에는 이런 말이 빠지지 않았다.

「너에게 갈까? 둘이라면 외롭지도 무섭지도 않겠지.」

나는 그 문장을 어루만지다가 나지막이 말했다.

"여긴 네가 생각하는 것처럼 외롭지도 무섭지도 않아."

고개를 드니 내가 탄 잠수정을 기억하고 있었는지 졸졸 따라온 돌고래가 보였다. 등지느러미 맨 위에서 5센티미터 내려온 부분에 약 3센티짜리, 그 아래 5센티짜리 홈

이 파여 있는, 내 친구였다.

나는 편지를 품 안에 넣은 채 잠수복을 입고 나왔다. 해사에게 연우가 어떤 아이인지 자랑해야지.

오늘도 어김없이 어릴 때 연우와 있었던 일을 말하고 있었다. 웃으며 말하는 내 머리를 쓰다듬는 해사의 꼬리가 얼마나 다정하던지. 나도 모르게 말이 툭 튀어나왔다.

"오늘 제 생일이에요."

「생일?」

"네. 생일. 제가 태어난 날이에요. 그러니까 제 소원 들어주세요."

「말해보아라.」

"행복해지고 싶어요. 앞으로도 계속."

나도 모르게 간절함을 담았나 보다. 맞잡은 두 손에 힘이 너무 들어가서 아플 지경이었다. 후 하며 숨과 함께 온몸에 힘을 빼고 웃었다. 그러나 해사는 웃지 않고 꼬리로 나를 들어 올렸다.

「저쪽에 뜨거운 물이 나오는 곳이 있다. 조개들을 담가보아라.」

해사는 꼬리로 나를 그 근처에 내려 주고 내가 떼어냈던 조개들까지 옆에 놔 주었다. 나는 조개를 한아름 안아

들고 안으로 들어가 아주 뜨거운 물이 솟아오르는 곳을 발견했다. 바닥에 깔리듯이 물이 슬금슬금 나오는 곳이라 위험하지는 않았다. 조개를 그 안에 넣고 기다리자 입이 쩍쩍 벌어지며 맛있는 냄새가 났다. 그동안 생으로 먹었던 걸 익혀 먹는 건 또 다른 재미였다. 포실포실 입안에서 부서지거나, 탱글거리는 식감이 달랐다.

"엄청 맛있어요!"

부른 배를 통통 두드리며 해사에게 달려갔다. 해사는 내가 가까이 오는 게 한세월 걸릴 것 같았는지 꼬리로 나를 안아 자신의 얼굴 앞에 내려놓았다. 나는 눈을 반짝반짝 빛내며 어느 조개가 무슨 맛이었는지 설명했다.

「너 때문에라도 내 몸에 조개들을 키워야겠구나.」

"괜찮아요! 이런 게 있으면 간지럽다면서요. 게다가 해사가 아주 커서 평생 치워도 다 못 치울 걸요?"

「그래…. 넌 인간이었지. 백 년도 살지 못하는 인간.」

해사가 꼬리를 움직여 내 몸을 끌어안더니 자신의 몸 위에 날 올려놓고 얼굴을 바다에 댔다. 해사의 몸 위를 걸어 해사의 뿔까지 도착했다. 뿔을 끌어안고 귀를 대자 물소리가 들렸다. 세차게 부딪치고 부드럽게 흘러가는 소리를 듣고 있노라면 잠이 솔솔 쏟아졌다. 맛있는 걸 먹고 배가 부른 상태로 잠에 빠져드니 행복했다. 정말 좋은 생일이었다.

　어느새 순식간에 6개월이 지나 있었다. 그런데도 내가
갈 생각을 하지 않자 결국 해사가 입을 열었다.

「이번에는 왜 이리 미적거리느냐. 어서 올라가야지.」

"가지 않을 거예요."

「연우라는 아이를 만나고 그리워하지 않았더냐.」

"생각해 보니까… 제가 방해가 될 것 같더라고요. 연
우는 저 같은 것보다 훨씬 똑똑하고 잘난 친구예요. 제가
가면 연우의 앞날만 망칠 걸요. 연우가 편지로 연구를 어
떻게 하고 있는지, 어떤 결과가 나왔는지 말해 줘서 알
아요. 연우는 바다와 땅과 인간을 살릴 수 있는 사람이에
요. 연우를 독점하는 건 바다에게 못할 짓이 아닌가 싶어
요…. 여기서 해사랑 지금처럼 지낼래요."

「연우의 마음이 바뀌었을까 겁먹은 건 아니고?」

"왜 자꾸 보내려 하세요? 연우는 제가 없어야 바다에
좋은 쪽으로 연구를 계속할 거예요. 그러면 해사한테도
좋은 일이잖아요!"

「그러면 너는 행복하겠느냐?」

"네! 행복할 거예요!"

반사적으로, 반항적으로 행복할 거라는 말이 나왔다.

말을 뱉고서도 이게 내 본심인지, 욱하는 마음에 한 말인지 알 수 없었다. 그런 나를 해사는 가만히 내려다봤다.

「나에게는 거짓말이 통하지 않는단다.」

모진 말을 하는 해사가 미웠다. 그냥 그러냐고, 같이 있자고 해 주면 안 되는 건가. 나는 아무 말도 하지 못하고 해사를 노려보다가 물속으로 들어갔다. 잠시 기다렸으나 빛을 밝혀 주는 해사의 꼬리는 없었다. 나는 눈물을 참으며 잠수정으로 돌아갔다.

깜박 잠이 들었다 깼는데 잠수정이 움직이고 있었다. 잠수정 전원이 꺼진 상태였는데 거센 물살을 따라 수면을 향해 올라가는 중이었다. 재빨리 전원을 켜고 아래로 내려가려다가 가만히 있었다. 옷 밖으로 연우의 편지지를 쓰다듬었다. 하도 보고 만진 통에 찢어질 것 같아 쉬이 펼쳐보기도 어려워진 편지였다. 바다에서 해사의 뜻을 거스를 수 있는 건 아무것도 없었다. 나는 눈물을 닦으며 전원을 켜고 결국 수면 위로 올라갔다.

육지로 돌아갈 생각을 하지 않아 샘플도 없고 스캔한 것도 별로 없었다. 다행히 회사에서는 비슷한 포인트에서 머물렀기 때문에 샘플도 스캔할 것도 새로운 게 없다고 생각한 것 같았다. 하긴, 저번에 내가 가져온 일이 제일 큰 수확이라고 들었다. 내가 아버지의 빚을 갚는 게 아니라 수당을 받고 일했으면 아버지에게서 벗어날 수 있을지도 몰랐다.

그러나 빚은 빚을 불렀다. 아버지가 먹고 입고 자는 모든 게 빚이었다. 차라리 죽어 버리지. 집으로 돌아오자 전보다 더 비참한 모습인 아버지가 보였다. 제대로 씻지도 못했는지 기름진 머리와 버짐이 핀 얼굴, 움푹 들어간 눈두덩이. 집 안도 더러웠다. 먼지가 굴러다니고 쉰내가 났다. 내가 떠나기 전에 딱 달라붙어 사랑을 속살거리던 여자는 흔적도 없이 사라진 뒤였다.

"누구, 누구야! 누가 내 집에 들어온 거야!"

아무 소리도 내지 않고 들어왔는데, 아버지는 예민하게 반응했다. 살림살이가 많이 빈 것 같았는데 설마 동네 사람들이 가져간 걸까. 도둑이 들어도 반응하지 못하니 표적이 된 걸 수도 있겠다. 그래 봤자 없는 살림이라 가져갈 것도 없을 텐데.

내가 아무 말도 하지 않자 아버지는 감긴 눈을 하고 내 쪽을 향했다. 침묵이 흘렀는데 오히려 그 침묵이 힌트가 된 것 같았다.

"청이, 청이냐? 내 딸 청이가 돌아온 거야?"

갑자기 아버지의 목소리에 물기가 어렸다. 딸이 돌아

온 게 기쁜 걸까, 수발들 사람이 생긴 게 좋은 걸까. 아버지는 내가 성인이 된 건 알고 있을까. 언제든지 아버지를 버리고 나 홀로 살 수 있다고 하면 무슨 표정을 지을까. 효녀 심청이라고 칭찬하던 사람들이 무슨 말을 나불댈까. 성인이 된 후 이런 상상을 가끔 했는데 때로는 짜릿했고 때로는 허무했다.

"예. 아버지. 청이에요."

"아니 세상에, 청이야, 네가 돌아왔구나. 내 곁으로 돌아왔어…."

아버지는 눈물을 흘리며 비척거리며 내게 다가왔다. 가까이 올수록 아버지의 몸에서는 냄새가 났다. 아버지의 크게 울먹거리는 말이 문밖을 빠져나갔는지 동네 사람들이 수런거리며 몰려드는 게 들렸다.

도로 나가고 싶었지만 현관문을 닫았다. 지금 집을 나가면 연구소에서 지내야 했다. 그게 회사의 방침이었다. 차라리 회사 기숙사에 있으면 모를까 연구소는 싫었다. 바닷속에서 1년을 버티고도 멀쩡히, 무사히 살아 있는 나를 연구하고 싶어하는 사람들 틈에 있고 싶지 않았다. 나를 사람이 아니라 하나의 샘플로 보는 눈동자들. 내 머리카락이라도 얻어가려고 얼쩡거리던 손길이 징그러웠다.

동네 사람들은 차마 딸과 아비의 상봉을 방해할 수는

없었는지 나중에 물어보자는 말을 하고 있었다. 누가 물어보면 답을 해 준대? 치솟는 분노를 누르며 나를 안으려하는 아버지의 손길을 피했다.

"만지지 마세요."

"아, 아 그래. 바다에 다녀왔지."

떨리며 다가왔던 손이 재빠르게 물러났다. 나는 아버지를 피해 내 방으로 들어갔다. 그러나 이젠 내 방이 아니었다. 그 여자가 내 방에서 지냈던 건지 낯선 향수 냄새가 진동했다. 머리가 아파서 창문을 열었다. 바람이 불자 방에서 잠들었던 먼지들이 허공에서 춤을 췄다. 동굴 벽에 부딪히던 해사의 빛이 생각나서 나도 모르게 웃었다. 그 빛 아래 연우와 손을 잡고 빙글빙글 돌며 춤을 추는 상상을 하고는 했었는데…. 얼른 돌아가고 싶었다.

나는 바다에 있었다는 이유를 대며 방 밖으로 나오지 않았다. 동네 사람들도 그걸 듣고 우리 집 근처에 얼씬도 하지 않던 중이었다. 내가 돌아왔다는 소식을 들었는지 며칠 뒤 어두운 밤을 틈타 연우가 찾아왔다. 벨을 누르지 않고 남몰래 담을 넘어 내 방 창문 앞에 서 있었다.

"청아."

"연우야."

손을 내밀어 얼굴을 매만지고 싶었다. 연우는 1년 전과 달라진 게 없는 것 같으면서도 달라 보였다. 사회생활을 해서 그런지 조금 더 성숙하고 근사해진 것 같았다. 나는 너에게 어떻게 보일까. 예뻐 보이고 싶다는 생각이 드는 게 우스웠다. 창문을 열지 않은 채 입을 열었다.

"네가 올 줄 몰랐어."

"당연히 와야지. 네 옆에는 언제나 내가 있을 거라고 했잖아. 내가 너를 잊었을까 걱정했어? 문 좀 열어 봐. 몸은 괜찮아? 아픈 곳은 없지? 1년 만인데 얼굴도 안 보여 주고…."

연우가 울고 있는지 목소리가 떨렸다. 내 눈에서도 눈물이 흘렀다. 우리는 한참 동안 말없이 울기만 했다.

"나 보고 싶지 않았어?"

그 말을 듣는 순간 참을 수가 없었다. 보고 싶었다. 바닷속에서 해사와 함께 있는 동안 평온하고 행복했지만, 연우가 보고 싶었다. 연우의 얼굴을 보고 매만지고 품에 안겨 있고 싶었다. 창문을 여니 눈물로 엉망인 연우가 보였다. 손을 뻗어 연우의 눈물을 닦아 냈다. 아무리 닦아도 계속 흘러나와 내 손도 축축하게 젖었다.

연우도 내 눈물을 닦고 얼굴을 매만졌다. 그러다가 내 머리를 쓸어 넘기는데 연우의 표정이 딱딱하게 굳었다.

"왜 그래?"

"너…."

연우가 다시 내 머리를 향해 손을 내밀었다. 바다에서 무사히 잘 돌아왔다고 칭찬하려고 그러는 건가? 서로가 서로의 머리를 쓰다듬으며 칭찬을 했던 건 아주 어릴 적부터 했던 일이라 개의치 않고 손길을 기다렸다.

"너 머리에 뿔이…. 아니, 산호인가?"

머리를 더듬거리는 손을 뿌리치고 서랍을 뒤졌다. 먼지 때문에 기침을 하면서도 몇 개를 열자 손거울을 발견했다. 거울로 각도를 맞추고 자세히 살펴보니 정말 머리 위에 연분홍빛 작은 뿔이 나온 상태였다.

"이게 뭐지?"

"넌 네 머리가 뭐가 있는지도 몰랐어?"

해사 옆에 있으니 닮아진 걸까. 거울을 보며 머리를 더듬거리자 정말 손끝에 딱딱한 뿔이 만져졌다.

"예쁘게 자라려나…?"

"이 상황에서 그런 말이 나와? 청이 너니까 어떤 모습이든 예쁘겠지만, 다른 사람들한테 들키면 해부당할 거야. 기다려."

연우가 홀쩍 담을 넘어 사라졌다. 거울을 보니 아까보다 뿔이 더 자라 있었다. 해사는 이걸 알고 나를 땅으로 보낸 걸까. 마지막으로 연우를 보고 오라고.

울고 있을 때가 아니었다. 아버지가 알면 비싼 값에 날 팔아넘길 것이다. 잡히면 무슨 일을 당할지 몰랐다. 집에 왔는데도 챙길 게 아무것도 없다는 게 서글펐지만, 짐이 없으니 빨리 도망갈 수 있을 거라 위안했다.

아버지 모르게 도망가려고 조심스럽게 문을 열었는데, 내 방 앞에는 이미 아버지가 있었다. 도망갈까 봐 방문 앞에서 지키고 있던 모양이었다. 문을 열기 무섭게 아버지가 내 다리를 잡아당겨 넘어지고 말았다.

"어디 가?"

"이거 놔요!"

"나를 두고 어딜 가? 심청아, 내 딸 청아. 눈먼 아비를 두고 혼자 어디 가려고 그래?"

아버지는 내 두 다리를 옭아매고 서서히 위로 올라왔다. 아버지가 아무리 말랐어도 기본적인 체구가 달라 밀어내는 게 힘겨웠다. 아버지가 정신없이 휘두르는 손톱이 내 팔을 할퀴었지만 아픈 줄도 몰랐다. 발버둥을 치고 얼굴을 도리질하며 있는 힘껏 밀어내는데 내 뿔에 뭔가 걸린 게 느껴졌다.

"으아아악! 내 눈, 내 눈!"

두 눈을 부여잡고 나뒹구는 아버지를 뒤로 하고 벌떡

일어났다. 아버지는 비명을 지르다가 눈을 번쩍 뜨고 나를 바라봤다.

"괴, 괴물이다! 괴물이 내 딸을 잡아먹었다!"

제대로 먹지도 못했을 거면서 그렇게 큰 소리를 낼 힘이 어디 있던 걸까. 동네가 떠나가라 소리 지르는 통에 신발도 제대로 신지 못하고 집을 나올 수밖에 없었다. 대문을 열자 연우가 자전거를 세우고 있었다.

"빨리 타!"

요란스러운 소리 때문에 집집마다 불이 켜지는 걸 보다가 재빨리 연우의 뒤에 탔다. 연우의 허리를 끌어안고 등에 얼굴을 묻었는데, 손바닥에 매끄러움이 느껴졌다. 해사의 몸을 청소하면서 느낀 익숙한 감촉, 비늘이었다. 머리에는 뿔이, 몸에는 비늘이 났는데… 연우는 이런 나를 보고도 데리고 도망치는 거구나. 고맙고 미안하고… 사랑스러웠다.

"이 동네만 벗어나면 차를 타고 도망가자!"

"아니야! 바다에 데려다 줘!"

"내가 담당하는 잠수정에 가려면 차를 타고 가야 해!"

"잠수정 없어도 돼! 이 앞에 있는 바다로 가자!"

돈이 없을수록 집은 바다와 가까운 곳에 있었다. 우리는 10분도 되지 않아 바다 앞에 도착했다. 내가 바다 앞에 서 있자 연우는 망설이지 않고 내 옆에 서서 손을 잡았다. 파도가 금방이라도 발을 간지럽힐 것 같았다.

우리가 바다로 도망쳤다는 걸 눈치 채려면 시간이 걸릴 것이었다. 누가 죽을 수밖에 없는 바다로 도망갔다고 생각하겠는가. 그래서 나는 최대한 빠르고 정확하게 바다에서 무슨 일이 있었는지 말했다. 연우는 내 말을 가만히 듣고 있다가, 내가 바다에서 외롭고 힘들지 않았다는 걸 알고 환하게 웃었다.

"나도 같이 가면 안 돼?"

"너는… 아무것도 없이 바다로 갈 수 없어. 숨도 쉬지 못할 거고 압력에 짓눌릴 거야. 게다가 데려갈 수 있다고 해도 네가 연구를 계속하는 게 모두를 위한 길이 아닐까, 이기적인 건 아닐까 걱정돼."

"그러다가 내가 말라 죽으면? 어차피 내가 죽으면 모두를 구할 수 있는 연구도 못 해. 회사에 잡혀서 감금당할까 봐 무서워. 더는 너를 보지 못할까 봐 겁이 나."

"살아 있으면 언젠가는 볼 수 있잖아."

연우는 오른손으로 내 얼굴을, 왼손으로는 비늘이 돋은 팔을 쓰다듬었다. 눈물을 줄줄 흘리면서 내게 입 맞췄다. 오랜만이었지만 1년 전처럼 똑같이 보드랍고 말랑거리고 따뜻했다. 따뜻함에 녹아내릴수록 더 많은 눈물이 흘렀다. 연우가 첫 월급으로 산 후 늘 가지고 다녔던 결혼반지를 나눠 낀 후 다시 입을 맞췄다. 흐느끼는 울음이 입안을 맴돌았다. 이대로 헤어지면 정말 끝인 걸까.

제발 저를 도와주세요. 행복해지고 싶어요. 제 소원을 들어주세요.

마음속으로 간절히 원해도 연우의 머리에 뿔이 생기는 일은 없었다. 사람들이 마을을 들쑤시며 돌아다니는 게 보였다. 연우가 애써 나를 바다로 밀어냈다. 자신이 감금당하는 것보다 내가 잡혀 연구당하는 걸 더 걱정하고 있었다.

떨어지지 않는 발걸음으로 바다에 발을 담갔는데, 수면 위로 돌고래가 보였다. 아무리 봐도 내 친구 돌고래였다. 숨을 쉬러 올라왔다고? 무슨 일 있는 건 아닌가 걱정스럽게 보고 있는데 돌고래가 무언가를 물고 있었다. 은은하게 빛이 나는 해사의 비늘이었다. 비늘을 보자 나와 연우가 바닷속에서 살 수 있는 힘을 담았으니, 조심히 와서 연우를 소개해 달라는 해사의 의지가 전달되었다.

"가자! 해사가 내 소원을 들어주었어!"

나는 서둘러 뭍으로 돌아가 연우의 손을 잡았다. 연우는 수영도 해 본 적 없었지만 내가 가자는 소리에 망설임 없이 내 손을 꼭 붙잡고 바닷속으로 뛰어들었다.

바다는 이제 왔냐는 듯이 날 포근하게 감싸 안았다. 고요하기도 하고 경쾌하기도 한 물소리와 함께 돌고래에게 가까워지기 위해 천천히 나아갔다. 물살을 가르기 위해 팔을 움직일 때마다 손가락에 낀 반지가 보였다. 옆에는 연우가 내 손에 의지한 채, 그러나 환하게 웃으면서 어설프게 팔을 휘두르고 있었다. 돌고래가 빨리 오라는 듯 꼬리로 수면을 두드렸다.

이제 또다른 행복을 향해 나아갈 차례였다.

작 가 의 한 마 디

청이는 행복해졌습니다. 우리도 행복해져요.

눈 딱 감고
적벽강에 다이브

전혜진

적벽가

현전하는 판소리 다섯 마당 중 하나로 신재효가 개작
하여 정착시켰다. 중국 소설 『삼국지연의』에 등장하는
적벽대전의 내용을 빌려온 작품으로 부당하게 전쟁에
동원된 비참한 민중의 삶과 권력욕에 물든 정치가들을
풍자하는 내용을 다루고 있다.

우리 동네에서 10년 이상 살아온 성인에게 이 동네, 적
벽구의 국회의원이 누구냐고 하면 아마 열에 아홉은 주
저없이 유장락이라고 대답할 것이다. 유장락은 적벽구의
초라한 달동네에서 태어나 거의 30년 동안 이 지역 국회
의원을 지낸 입지전적 인물이었다. 그는 민한당의 기둥
같은 사람으로, 전 대통령과는 학교 선후배 사이이자 먼
친척이었고, 민한당이 기호 3번일 때에도, 2번일 때에도,
또 영광스러운 1번을 차지했을 때에도 적벽구를 지켜온
터줏대감이었다. 민한당이 분당을 하고, 또 합당을 하고,
나중에는 당이 아주 폭파된 뒤도 유장락만은 이곳을 사
수했다.

그는 이 지역 사람들에게는 선거의 신이나 다름없는
존재였다. 바로 지난번 선거 직전에 민한당이 사분오열
되며 졸지에 무소속이 된 유장락은, 이번에야말로 이 지
역을 손에 넣고 말겠다며 당 조직을 등에 업고 물량공세
에 나선 전직 국위당 당대표 동영탁이며, 도플갱어 네트

워크에서 컬트적인 인기를 모으며 다크호스로 떠오른 신의당의 왕천봉을 깔끔하게 물리치며 7선에 성공했다. 그야말로 전설적인 승리였다. 유장락을 중심으로 뿔뿔이 흩어진 민한당을 다시 일으키자, 지지자들의 세를 모으자는 이야기가 나왔다.

하지만 거기까지였다. 유장락의 건강에 이상이 생기고만 것이다. 회기와 회기 사이 부지런히 방사선 치료를 받는 한편, "유권자 여러분께서는 건강검진 꼬박꼬박 받으시라, 나는 일하느라 바빠서 건강검진을 몇 년 걸렀다가 뒤늦게 병에 걸려 간을 절반이나 떼어내지 않았느냐."며 마치 건강검진 홍보대사처럼 떠들고 다니던 그는, 마침내 이번 임기를 마지막으로 정계를 은퇴하겠다고 선언했다. 그리고 그 임기를 다 채우지 못한 채 끝내 세상을 떠나고 말았다. 유장락을 중심으로 민한당을 다시 살려 내려던 지지자들에게는 청천벽력, 그야말로 마른 하늘에 날벼락 같은 일이었다.

"청천벽력은 무슨, 푸른 하늘이 가고 누른 하늘이 오는 거지."

로사 언니가 중얼거렸다. 언니는 유장락이 세상을 떠나며 소위 무주공산이 된 이 지역을 노리는 여러 정당들과 유력인사들에 대해, 내게 30분 넘게 떠들어 댔다. 아,

이러니까 이 언니가 친구가 없지. 세상은 넓고 덕후는 많다지만 언니는 대체 뭘 잘못 먹고 정치 덕후가 되어 버린 걸까. 나는 언니의 입도 막고, 내가 아는 이 동네 어른들은 다들 유장락만 뽑았다는데, 이번에는 대체 누구를 뽑아야 하나 궁금하기도 해서 조심스럽게 물었다.

"…그래서 언니, 언니 생각엔 이번엔 대체 누가 될 것 같은데?"

"푸른 하늘이 가고 누른 하늘이 온다는 말에는 유래가 있어. 바로 황건적의 난이라는 건데."

"황건적?"

"중국 후한 시대 말에, 장각이라는 사람이 태평도라는 신흥 종교를 일으켰어. 그 사람이 자신의 교리를 따르는 신도들을 이끌고 한나라 왕실에 반발하여 봉기를 일으켰는데, 머리에 노란색 수건을 쓰고 다녔다고 해서 황건적의 난이라고 하지."

나는 몰랐다. 정치 덕후란 대개 역사 덕후와 일맥상통한다는 것을. 덕후란 대체. 덕후란 인간들은 정말 도대체.

"민한당의 이미지 컬러가 뭐였냐. 밝은 파랑이지. 산뜻하고 희망적인 사이안 블루. 그런데 뭐야, 지금은 문 닫았잖아. 그리고 이제, 이민자 비율이 높은 이 지역에, 노란 바탕에 초록 줄무늬 노란 깃발을 들고 나온 동오당에서 전략 공천을 할 거란 말이지."

언니의 끝없이 이어지는 이야기를 한 귀로 듣고 다른 귀로 흘려보내며 넋을 잃고 있던 나는, 동오당이라는 말에 고개를 갸웃거렸다.

"거기서 여기 공천을 해서 뭐 하게?"

"뭐 하긴, 무주공산이니까 의석수 늘리려는 거지."

"아니, 그게 아니라."

동오당은, 그러니까 민한당이 아직 건재하고, 이 나라 정당들이 양당제에 가깝게 움직이던 시절 기준으로 원내 의석 수 3위를 차지하던 정당이었다. 하지만 수많은 의원들이 자고 일어나면 새 당을 만들고, 자고 일어나면 철새처럼 이동하며 헤쳐 모여를 반복하는 지금, 아무리 생각해도 동오당의 서열이나 위치를 정하기는 쉽지 않았다.

다만 동오당은 거의 지역 정당이라 불릴 만큼, 몇몇 지역에서는 압도적인 지지를 받고 있었다. 그렇긴 한데, 이 지역에서 동오당이 의석을 낼 수 있다고? 믿기 어려운 이야기였다.

"잠깐만, 민한당의 유장락이 누구야. 7선 의원이야, 7선 의원. 그 오랜 세월 동안 유장락만 줄곧 찍던 사람들이 이제 와서 동오당 후보를 찍으려고?"

"사람이 의리가 있으면, 민한당의 주적이자 민한당을

폭파시킨 장본인인 국위당을 찍진 않겠지. 상식적으로 말이야."

"언니, 그건 언니가 몰라서 그래. 사람들은 이길 것 같은 사람을 찍어. 상식 같은 게 아니라."

"네가 투표를 그렇게 한다고 남들도 다 그럴 거라는 편견을 버려."

어쨌든 이야기를 하다가 알게 된 건데, 로사 언니는 동오당 지지자였다. 특히 이번에 동오당에서 이 지역 후보로 내세운 손권지영은 동오당 비례대표 출신으로, 그야말로 동서양을 아우르는 이민자의 자손이라는 말을 듣고 있었다. 어머니가 필리핀 출신인 로사 언니는 사뭇 결연하게 말했다.

"그야말로 나를 대변할 후보라는 거지."

손권지영의 할아버지는 중국 여성과 결혼한 재중동포로 우리나라에 유학을 왔다가 귀화했고, 손권지영의 외할머니는 카자흐스탄 출신이었다. 적벽1동과 2동의 경계를 따라 길게 자리잡은, 중국 식재료와 러시아 식재료를 파는 가게가 떡하니 마주 본 적벽시장 한복판에서 손권지영이 어두운 푸른 빛 눈동자에 적당히 어깨로 내려오는 붉은 머리카락을 질끈 묶고, 자기네 당 색깔인 노랑과 초록 줄무늬 점퍼를 입은 채 그야말로 신호등 같은 모습으로 나타나 출마를 선언했을 때, 로사 언니는 눈물을 글썽이며 감격했다. 심지어는 선거인 명부 작성 전에 이 동네로 전입해야 한다고 일단 우리 집으로 위장 전입을 하더니, 며칠 뒤에는 위장 전입 같은 꼼수는 자신의 진정성을 훼손하는 일이라며 아예 우리 집에 짐을 싸서 들어오기까지 했다. 세상에.

* * *

내가 로사 언니를 알게 된 것은 대학교 교양 강의로 선택했던 〈연극의 이해〉 수업 때였다. 그때나 지금이나 나는 사람 말을 그다지 귀담아 듣지 않는 쪽이었고, 1학년은 우선 학교 생활에 익숙해질 수 있도록 필수과목 위주로 시간표를 채우라는 선배들의 중요한 설명도 제대로 듣지 않았다. 그 무관심의 결과로 나는 들어야 할 과목 중 몇 가지는 수강 인원이 다 차 버리는 바람에 발도 들이밀지 못하는 신세가 되었고, 어쩌다 보니 겁도 없이 더 이상 들을 만한 과목이 남아 있지 않는 고학년 복학생들이 득실거린다는 〈연극의 이해〉 과목을 신청해 버리기까지 했다.

"1학년이라고?"

그리고 나는 그 수업에서, 휴학과 복학을 번갈아 하던 나이 많은 4학년인 로사 언니와 만나고 말았다.

"연극은 고사하고 영화관에도 간 적이 없다고? 아니, 그럼 대체 이 수업을 왜 신청한 거야?"

"그게, 한 번도 본 적이 없어서…. 수업 시간에 연극이나 영화 같은 걸 다 같이 보러 갈지도 모른다고 생각했거든요."

"아이고, 이 핏덩이를 어쩌면 좋아."

로사 언니는 아는 것도 많고, 먹고 싶은 것도 많으며, 세상에 불만은 더 많은 사람이어서 조금 무서운 느낌이었지만, 그래도 어쩌다가 조별 과제에서 같은 조로 얻어걸린 나를 나름대로 귀여워해 주었다.

"〈몬트리올 예수〉가 뭔데요? 처음 들어보는 영화예요."

"나 태어나기 전에 나온 영화야."

"영어가 아니잖아요!"

"오, 영어면 알아듣나 봐?"

"아닙니다, 잘못했어요."

로사 언니는 "남는 게 시간"이라고 말하는 사람이었고, 그 학기에 나는 〈연극의 이해〉 수업 시간에 교수님에게서 배운 것보다 로사 언니를 따라다니면서 주워들은 게 더 많았다. 이를테면 '제4의 벽(The Fourth Wall)' 같은 말도 그랬다.

"수업 시간에 나왔잖아, 왜 몰라."

"디드로가 말했다는 건 알겠는데요, 솔직히 그게 뭔지 잘 모르겠어요."

"그러니까 설명 들은 게 이해가 안 간다고?"

"아니 어, '제4의 벽'을 깬다거나 하는 건 옛날 판타지 소설 같은 데 많이 나오는 설정이잖아요. 10서클 대마법사라든가, 고등학생이 죽으면 이세계로 진입한다거나, 남편에게 배신당하고 살해당한 여자는 과거로 되돌아가 남편에게 복수한다거나 하는 그런 옛날에 나오던 소설요."

"대체 언제 적 소설을 보는 거야. 그런 건 내가 유치원 다닐 때나 유행했다고!"

그리고 내가 태어날 무렵에나 유행했던 옛날옛적 소설에 나오는 말을 설명하기 위해, 언니는 자기가 태어나기도 전에 개봉했다는 영화를 같이 보자고 했다. 그러니까 무려 1989년에 나온 영화, 무려 50년 전 영화를 말이다.

"프랑스 영화도 보시는구나…."

"너 이거 제목 못 봤어? 몬트리올이야, 몬트리올. 몬트리올이 어디 붙어 있는지는 알아?"

"프랑스요?"

"캐나다다, 캐나다. 근데 몬트리올이면 좀 유명하지 않나? 옛날에는 올림픽을 할 만큼 큰 도시였다는데."

"근데 캐나다에서 왜 프랑스 말로 영화를 찍어요?"

"캐나다가 원래 프랑스 식민지였잖아. 그래서 퀘벡에서는 프랑스어를 써. 근데 지금의 프랑스어가 아니라 나랏말싸미 듕귁에 달아, 하는 옛날 말 같은 프랑스어."

"근데 우리 '제4의 벽'에 대해 이야기하기 위해 그렇게 옛날 옛적 영화까지 봐야 해야 해요? 누가 쫓아오는 것도 아닌데."

"야, 사는 데 정성을 좀 들여 봐. 남는 게 시간인데."

그건 그랬다. 옛날 어른들이 늘 기막혀하는 점인데, 우린 다들 돈은 없어도 시간은 남아돌았다. 우리 엄마가 젊었을 때만 해도 사람들은 매일 직장에 가는 데만도 하루에 한두 시간을 쓰고, 하루에 최소 여덟 시간, 대개는 열두 시간 가까이 일하고, 밤 늦게 집에 들어가 눈만 붙였다가 다시 다음 날 아침 일찍 회사에 갔다고 한다. 그리고 그 스트레스를 풀기 위해 돈을 썼단다. 쓸모도 없이 환경을 오염시키는 물건들을 잔뜩 사들이고 내버리거나, 술과 고기를 잔뜩 먹는 것으로 스트레스를 풀고. 그조차도 여의치 않으면 누군가가 음식을 끝도 없이 먹어치우는 동영상을 보며 즐거워했다. 외국의 휴양지나, 남들이 다 간다고 하는 인기 있는 카페나 호텔에서 인생샷을 찍어야만 제대로 사는 것처럼 느껴져서, 그 일에 어처구니 없을 만큼 돈을 쏟아부었다고도 했다. 우리는 그러지 않았다. 기본 소득이 있다 보니 돈이 많이 필요한 게 아니면 굳이 취직을 서두르지 않아도 괜찮았다. 세상은 AI들이 움직이고 있었고, 인간이 처리하는 업무 분야는 아주 창조적이거나, 아니면 AI를 보조하는 단순한 일이 대부분이었다. 옛날 어른들은 AI들이 일자리를 차지하고 사람들은 기본 소득을 받고 지내는 지금을 고통스러운 몰락이라고 말했고, 이 상황을 '인간이 기계에게 사육당하는' 상황이라고 받아들이며 목숨을 끊기도 했지만, 우리에게는 이 모든 것이 자연스러웠다.

어쨌든 우리에겐 하고 싶은 일을 할 시간만은 있었고, 책을 보고, 영화를 보고, 공부하는 것도 공짜였으므로 공부가 싫지 않은 사람은 다들 대학에 갔다. 대학에 간다고 뾰족하게 살아갈 방법이 생기는 것은 아니겠지만, 그래도 또래 친구들과 어울릴 수 있었고, 마약에 취해 비틀거리는 것보단 가방끈 긴 룸펜이 되는 쪽이 뭐라도 가능성이 있어 보였다. 그렇게 들어간 대학에서 나는, 앞으로 먹고 살 일과는 상관없는 것들을 잔뜩 배웠다. 이 〈몬트리올 예수〉라는 영화를 보게 된 것도, 수업 시간에 배운 저 '제4의 벽' 때문이었다. 그게 옛날 판타지 소설에 나오는 이야기나 흔한 메타 발언 같은 게 아니라, 무대와 객석 사이에 존재하는 보이지 않는 가상의 벽을 뜻하는 말이고, 그걸 표현한 작품을 찾아서 체험한 뒤 보고서를 제출하라고 했는데, 로사 언니가 이 영화를 보자고 한 거였다.

"실제로 이 영화에서 야외에서 벌어지는 예수 수난극은 극중극의 형태로 전개되지만, 여기서 관객들은 배우들을 따라다니며 예수의 마지막 밤을 체험하고 있지. 그런데 그게 다가 아니야. 여기 다니엘은 예수님의 현대 버전인데…."

그리고 먹고 사는 것 외의 문제에는 가리지 않고 빡삭한 로사 언니는, 두 시간 짜리 영화를 함께 본 뒤 2박 3일 동안 이 영화에 대해 떠들어 댔다. 수난을 당한 것은 예수님이요 영화 주인공인데, 사실은 영화를 보고 있는 나까지 이 수난을 겪었으니 이것이 바로 '제4의 벽'을 넘어선 것이로구나 하고 나는 문득 생각했다.

이 '제4의 벽'에 대해 처음 말했던 사람은 바로 계몽주의의 거두이자 달랑베르와 함께 백과전서파의 대표적 인물이었던 디드로였다. 하지만 내가 디드로 하면 떠올리는 것은 '제4의 벽' 같은 것이 아닌, 화려하고 새빨간 실내 가운이었다.

우리가 중학교에 갔을 무렵, 어른들은 우리에게 흔히

질문하곤 했다.

"사람 선생님이 좋으냐, AI 선생님이 좋으냐?"

초등학교 때까지는 사람 선생님이 담임을 맡았고, AI 선생님은 보조 역할만 했지만 중학교에 가면서부터는 AI 선생님들이 주력이니까, 어떻더냐는 이야기였다. 물론 이건 좀 답이 정해져 있는 질문에 가까웠다. 옛날 말로는 '답정너'라고 했다던가. 처음부터 "사람 선생님이 더 좋다"는 대답을 기대하고 하는 질문 말이다. 하지만 솔직히 학생 입장에서는 사람 선생님이나 AI 선생님이나 일장일단이 있었다. 사람 선생님은 때때로 지치기도 하고, 감정적으로 나오기도 하지만, 이건 어떻게 해도 안 된다, 얘들에게 이걸 설명하느니 차라리 학교 뒷산 벼랑에 이 내용을 새기는 게 더 빠르겠다 하는 순간에는 깔끔하게 포기하고 다른 방식으로 요점만 간단히 설명하는 미덕이 있었다. 또, 젊고 체력 좋고 사교성 좋은 일부는 정말로 우리와 친해지고 싶어하기도 했고.

반면 AI 선생님의 경우는, 감정적으로 굴거나 누구를 편애하는 일은 결코 없었다. 체력이 떨어지면 알아서 교실 벽 콘센트에 플러그를 꽂고는, 저기 천 명도 넘게 모아 놓고 여덟 시간을 쉬지 않고 떠들더라는 사이비 종교 교주처럼 일관되게 열성적인 자세로 우리를 가르쳤다.

중학교 1학년 때 담임이었던 AI 선생님은 신형 모델로 수학을 담당했는데, 맨 마지막 교시나 점심시간 직전 같으면 정말 쉬는 시간도 없이 수업을 연장해 가며 설명하기도 했다. 다행히도 수업 시간을 5분 이상 넘겨 가며 설명하는 버그는 우리가 졸업할 무렵 해결되었다고는 하지만, 유한한 체력과 두뇌를 지닌 중학생들에게 열성적인 AI 선생님의 존재가 좀 버거운 것은 사실이었다.

어쨌든 우리가 중학교 3학년 때 역사 선생님도 AI였다. 이 선생님은 우리의 머릿속에 어떻게든 디드로라는 인물의 이름을 밀어넣고 싶어했는데, 그때 나온 것이 '디드로 효과(Diderot effect)'에 대한 이야기였다.

"여러분에게 간단히 소개하면 이건 지름신에 대한 이야기다."

역사쌤이 이마에 달린 빔 프로젝터를 켜자, 스크린에는 예수님을 닮은 근육맨이 "질러라!" 하고 소리치는 그림 파일이 떠올랐다. 대체 어쩌다 저 가련한 인공지능이 지름신이라는 말과 함께 이 그림을 인용하게 된 것인지는 모르겠지만, 교장 선생님이 젊었을 때나 유행했을 법한 그림에 순순히 호응해 주는 사람은 없었다. 하지만 역사쌤은 굴하지 않고, 백과전서파의 거두 디드로가 낡은 실내 가운을 내다 버리고 후회한 이야기를 들려주었다.

간단히 말하자면 이 이야기는, 어느 날 디드로가 친구에게 붉고 화려하고 따뜻한, 비싸 보이는 새 가운을 선물받으면서 시작된다. 디드로는 신이 나서 그 가운을 입고, 누더기가 된 옛날 가운은 내다 버렸다. 그런데 이 번쩍번쩍 화려한 가운은 디드로의 소박한 서재에는 어울리지 않았다. 디드로는 먼저 책상을 가운에 어울리는 것으로 바꾸고, 그다음에는 벽걸이를, 의자를 바꾸었다. 지름이 지름을 부르고, 디드로는 마침내 자기가 서재의 모든 가구들을 바꿔 버리고 말았다는 것을 깨달았다. 보통 사람들은 그냥 봐도 아는 그것을 지갑이 털려 보고서야 깨달은 이 딱한 철학자는, 자기는 낡은 가운의 주인이었는데 선물 받은 새 가운은 자신의 주인 노릇을 하려 들었다고 구구절절 적어놓았다. 그런 걸 보면 계몽주의의 거두라는 사람도, 사실은 그냥 평범한 헛똑똑이 내지는 자의식이 과잉이다 못해 마구 흘러넘치는 관심종자 비슷한 것이었는지도 모를 일이다.

국회의원 선거와 디드로가 무슨 상관이냐 묻는다면 할 말이 없다. '제4의 벽'도 아마 별 상관은 없을 것이다. 하지만 빨간 가운은 분명히 상관이 있다. 그것은 바로 우리 동네 국위당 후보 조아만 때문이었다.

"대체 언니는 누굴 뽑겠다는 거야."

손권지영을 지지한다며 이 지역에 전입까지 해 놓고서, 로사 언니는 현 여당인 국위당 후보 조아만의 선거 사무소에서 아르바이트를 하기 시작했다. 아니, 혼자서만 하는 것도 아니고 나까지 끌고 가서 둘이 같이 일자리를 얻었다, 도플갱어 네트워크 관리 요원으로.

"당연히 동오당 손권지영이지. 그럼 누굴 뽑겠어."

"그런데 왜 국위당 밑에서 일을 하는데?"

"조아만이 돈을 잘 줘."

"허어?"

길에서 인사하는 일부터, 선거 사무소의 잡무, 여기에 유권자들을 상대로 하는 각종 네트워크 관리까지, 선거 사무원 아르바이트는 제법 꿀알바로 소문이 나곤 했지만, 한 가지 문제가 있었다. 낙선을 하면 돈을 제대로 주지 않는 후보들이 있더라는 거다. 하지만 로사 언니 말로는, 조아만은 매일매일 정산을 해 주기 때문에 돈을 떼일 걱정이 없다고 했다.

조아만은 사실 이 누추한 동네에서 출마를 하기에는 좀 많이 유명한 사람이었다. 집도 원래부터 부자였고, 할아버지는 어디 차관을 지냈다고. 소위 명문가 출신이라는 이야기였다. 본인도 머리 하나는 기가 막혀서, 대학 재학 중에 행정고시와 사법고시를 둘 다 합격해 놓고는 그 좋은 자리를 걷어차고 게임 회사를 차려서 사업으로도 성공한 사람이었다. 그뿐이 아니었다. 조아만은 자기 말로는 나름 다재다능하고 풍류에도 밝은 사람으로, 게임 회사를 창업할 무렵 썼던 시가 시청 앞 지하철역 스크린 도어에 한동안 붙어 있기도 했고, 악기 다루는 것도 좋아해 젊어서는 통기타를, 나이 들어서는 색소폰을 연주하는 게 취미라고도 했다.

"색소폰…."

"한 마디로 가지가지 하는 아저씨라, 이거지."

"대체 아저씨들은 왜 그렇게 색소폰을 좋아해?"

어쨌든 그런 잘나가는 사람도 정치를 하겠다고, 이 무주공산을 한번 차지해 보겠다고 여길 밀고 들어오는 걸 보면, 권력이라는 게, 의원님 금뱃지라는 게 좋긴 좋은 거구나 하는 생각도 들었다.

하지만 세상에는 돈과 권력으로도 어쩔 수 없는 문제도 있는 법이다.

"근데 언니."

"응?"

"우리 후보님 말이야, 보정 난이도가 좀 높은 편이다?"

조아만, 아니, 후보님은 기본적으로 못생겼다. 키는 작고 얼굴은 거무데데하면서도 핏기가 없는 데다 좀생이처럼 생긴 사람이, 인상도 더러워서 언제나 사흘 굶은 시어머니 같은 얼굴을 하고 다니니, 앞으로 봐도 뒤로 봐도 덕이랄 것도 복이랄 것도 없어 보였다. 부잣집 아들로 태어나서 곱게 컸다는 이력과는 별개로, 시장에 나가서 인근 상인들에게 인사라도 하고 돌아다닐라 치면 피죽도 못 얻어먹은 것같이 생겼다고 어묵이며 순대 같은 것을 여기저기서 얻어먹는 것이, 옛날 같으면 염천교 밑에서 밥 빌어먹을 거지 상이었던 게 아닐까 싶기도 하다. 그리고 그건, 조아만 후보님의 선거 사무소에서 도플갱어 네트워크용 홍보 자료를 만들어야 하는 우리들의 입장에서는 매우 곤란한 일이었다. 로사 언니도 거의 뒤통수에 연꽃 광배라도 단 것 같은, 영혼 없는 무념무상 그 자체인 듯한 표정으로 중얼거렸다.

"그게 다 재료가 좋아야 결과물도 좋은 거라서 그래."

생긴 것만 문제가 아니었다. 우리 조아만 후보님은, 화장품 회사들이 주장하는 기준에 따르면 소위 여름 뮤트톤이었다. 어디로 봐도 빨강이 받지 않았다. 사실 사람이 쿨톤인지 웜톤인지는 잘생김과는 아무 상관이 없는, 혈색이나 머리카락 색과 관련된 분야이고, 대부분의 경우 자신에게 어울리는 색을 찾아서 입으면 된다. 하지만 선거를 치를 때는 이야기가 달랐다. 정당에는 이미지 컬러가, 정확한 색으로 인쇄하도록 컬러 코드까지 지정되어 있는 법이니까. 그리고 국위당의 이미지 컬러인 불타오르는 듯한 해맑은 빨강 바탕에 우리 후보님을 놓으면, 평소에도 사흘 굶은 것 같은 그 얼굴이 갑자기 일주일은 굶은 듯한 얼굴이 되어 버리는 것이 문제였다.

"아니 대체, 얼굴 톤이 이런데 왜 국위당에 들어온 거야. 얼굴 톤이 원색이 안 받으면, 당 색깔이라도 좀 봐 가면서 입당을 할 것이지."

"국위당 원래 빨강 아니었어. 몇 년 전까지만 해도 짙은 회색에 초록색 섞은 다크 틸 그린이었는데."

"…그쪽이 좀 나았겠네. 그런데?"

"민한당 폭파될 때쯤 해서 당 색깔을 바꿨어. 후보님 공천 받기 직전에."

"그럼 얼굴 톤에 맞춰서 지금이라도 좀 옮기든가…"

"지금도 어떻게 받은 공천인데, 당 색깔 때문에 바꾼다는 게 말이 되냐."

그 말을 하는 로사 언니의 모니터에도, 3박 4일 내내 때를 빼고 광을 내도 답이 없는 그 처절한 보정의 결과물이, 여름 쿨톤과는 하나도 어울리지 않는 새빨간 현수막 파일 위에 둥둥 떠 있었다.

사실 옛날 같으면, 이런 것도 큰 문제는 되지 않았을 것이다. 영국 헨리 8세의 몇 번째 왕비인가는 독일 출신이었는데, 원래는 수수한 얼굴이었는데 궁중 화가가 초상화를 너무 미화해서 그리는 바람에 헨리 8세가 그 초상화를 보고 반해서 결혼을 결심했다나. 물론 막상 결혼해 봤더니 얼굴이 마음에 안 든다고 이혼을 했다는 이야기도 있다. 망할 놈의 헨리 8세. 아니, 그 시대까지 거슬러 올라가지 않더라도, 당장 우리가 어렸을 때만 해도 말이다. 과거의 국회의원 후보들은 어지간히 특이한 취향의 소유자가 아닌 이상에야 영혼까지 끌어모아 사진을 보정했고, 그러다 보니 길 가다가 원본을 만나도 못 알아볼 지경이 되는 불상사도 가끔 일어나곤 했다. 그것도 그 나름대로 문제겠지만 어차피 대통령 선거 나갈 것도 아니고, 외모에 어지간히 특이한 뭔가가 있는 게 아닌 이상 국회의원 후보도 목욕탕 같은 데서 마주치면 그냥 평범한 아저씨 아줌마일 뿐 아닌가. 차라리 무에서 유를 창조하듯 적당히 잘생기고 적당히 호감 가는 인상에 우리 후보님과 닮은 구석도 한 숟가락쯤 곁들인 무언가를 아예 새로 만들어 내는 식으로 홍보 사진을 만드는 것도 나쁘지만은 않았을 것이다.

하지만 그런 꼼수를 부릴 수 있는 것도, 어디까지나 해

상도가 턱없이 낮은 세상에서나 가능한 일이었다. 요즘처럼 다들 도플갱어 네트워크를 쓰는 세상에는 그런 짓을 해 봤자 자기 손해니까.

도플갱어 네트워크란, 우리의 의식 일부를 복제해서 업로드해 놓은 네트워크를 뜻한다. 그곳에서 우리는 현실에서 갈 수 없는 곳까지 가고, 현실에서 만날 수 없는 사람들을 만난다. 누군가는 현실에서 열심히 사는 동안 자신의 도플갱어에게 게임 레벨업을 시켰다. 그리고 짧게는 하루에 몇 번에서 길게는 한 주에 한 번 정도, 우리는 그 네트워크에 접속해서 우리의 복제와 '동기화'를, 소위 싱크를 한다. 어른들 세대만 해도 꺼림칙해하는 면이 없지 않지만, 지금의 20대에서 30대들은 대부분 도플갱어 네트워크를 사용했다. 우리의 도플갱어가 만나고 경험하는 감각은 그대로 우리의 경험이자 감각이 되곤 했다. 그게 문제였다. 도플갱어 네트워크에 우리 후보님의 홍보 자료를 도배하고, 후보님의 도플갱어도 최대한 치장해서 내보낸다 해도, 네트워크에서의 경험이 현실에서 이질감을 주는 순간 기껏 쌓아올린 호감은 깎여 나가고, 자칫 "거짓말쟁이"라는 평판만 얻게 될 것이다.

"어쩔 수 없어. 후보님도 그랬잖아. 사람이 진정성이 있어야 한다고."

"언니, 진정성도 진정성 나름이지. 하다못해 추어탕을 먹어도 미꾸라지 형체가 그대로 남아 있으면 무서워서 못 먹잖아."

"난 잘 먹는데."

"내 말은, 차라리 뭔가 변형을 하는 게 낫지 않겠느냐는 거야. 동물 귀라도 달든가."

"거, 조아만 후보님께 동물 귀를 달면 쥐새끼 소리밖에 더 듣겠냐."

"…언니 좀 너무한 사람이네."

"너무는 무슨 너무야. 우린 그냥 돈 받은 만큼만 열심히 일하면 돼. 그리고."

언니는 입을 다물었다. 대놓고 말은 하지 않았지만, 적벽구 국회의원은 역시 손권지영이 되어야 한다고 말하려다가 말았던 것이겠지. 어쨌든 여기는 적진이니까.

그 적진에 아르바이트를 하러 온 로사 언니도 비범한 사람은 비범한 사람이고.

홍보 담당자들의 고충이야 어쨌든, 조아만은 위세등등했다. 그는 유장락이 세상을 떠난 이곳 적벽구를 해가 저문 밤 하늘에 비유했고, 현 상황을 두고 달이 밝고 별이 드무니 까마귀가 새벽인가 하여 남쪽으로 날아가는 형국과 같다고 했다. 풍월을 읊자면 월명성희(月明星稀)에 오작(烏鵲)이 남비(南飛)한다나. 간단히 말해 이곳 적벽구에서 유장락이 해와 같은 인물이었다면, 자신은 달 정도는 된다는 거다. 드문드문 보이는 별들이란 손권지영을 비롯해서 기타 잡다한 후보들을 싸잡아 말하는 것일 테고.

"정말 자신감 하나만 보면 대통령도 할 사람이야."

로사 언니는 조아만이 그 말을 하고 돌아서자, 내게 소근거렸다.

어쨌든 오프라인에서는 모르겠지만, 도플갱어 네트워크에서 조아만은 죽을 쑤고 있었다. 그렇다고 손권지영이 인기몰이를 하는 것도 아니었다. 네트워크에서 이들이 응당 가졌어야 할 관심과 지지를 한몸에 모으는 인물은 따로 있었다. 아니, 그걸 인물이라고 불러야 하는지는 모르겠다. 유장락의 본체는 이미 죽었으니까.

* * *

"야. 아니, 시체가 출마를 해도 당선이 되었다는 이야기야 전에도 있었지만."

조아만은 넥타이를 풀며 소파에 걸터앉았다.

"이 동네 사람들은 대체 죽은 유장락을 지지해서 뭘 어쩌겠다는 거야?"

그러게나 말입니다요다. 이게 그냥 남의 동네 이야기라면 재담(才談)이며 취담(醉談)이고 실담(實談)이며 허담(虛談)이고 장담(壯談)이자 패담(悖談)이겠으나, 우리 동네 이야기라고 생각하니 실로 모골이 송연하다. 어쨌든 도플갱어란 기본적으로 그 소유주의 의식을 복제한 것이니, 도플갱어 네트워크의 유장락도 유장락의 일부인 것은 틀림없었다.

"소문에는 그 유장락의 도플갱어를 아주 적극적으로 활용하는 인물이 있다고 해요."

로사 언니가 대답했다. 조아만의 도플갱어를 따라다니면서 보좌하는 건 나인데, 정작 도플갱어 네트워크 안의 소문에 더 빠삭한 건 로사 언니 쪽이다. 나는 조금 기가 죽어서 어깨를 움츠린 채 로사 언니 뒤쪽에 서 있었다.

"원래 유장락 쪽 스태프인가?"

"그건 아닌 것 같아요. 정확히는 민한당 쪽 청년 인재 뭐 그런 사람이었던 것 같은데, 민한당이 폭파되면서 유장락 쪽에 왔다 갔다 한다나 봐요."

"뭐 하는 놈인데?"

"나이는 아직 저희 또래고, 수경공대 나왔는데 되게 머리가 좋대요. 아, 어쩌면 의원님이 먼저 잡으실 수 있었을지도 모르겠네요. 원래는 서주소프트를 지망했다가 떨어졌다는 걸 보면."

"뭐야, 우리 회사 떨어졌을 정도면 인재라고는 볼 수 없지."

조아만은 시시하다는 표정을 지으며 손을 내저었다.

잠깐만요, 그건 아니죠, 후보님.

"사실 나는 똑똑한 애들을 좋아해. 나 어렸을 때 하던 게임식으로 말하자면, 새로운 영웅은 언제든 환영이랄까. 그래서 내가 회사 차렸을 때도 똑똑하다고 이름난 애들은 다 끌어들였고, 그중 일부는 지금도 같이 데리고 있는데 말이야."

"앗, 그러면 저희는 왜 고용하신 걸까요."

"한 지역의 국회의원이 되려면 사람들에게 그 지역 청년들에 관심이 있다는 걸 보여 줘야지. 그중 가장 쉬운 게 그 지역 청년들을 데리고 일하는 거고. 그런 데다 너희 둘 다, 일을 제법 잘하고 있지 않나?"

"이야, 의원님. 정말 무슨 영웅호걸이라도 잔뜩 모아 놓은 군주캐처럼 말씀하시네요."

로사 언니는 조아만의 비위를 맞춰야 할 때는 거의 반드시라고 해도 좋을 만큼, 후보님이 아니라 의원님이라고 부르곤 했다. 조아만은 기분이 좋아져서 낄낄 웃었다.

어쨌든 조아만도 전혀 대책이 없는 것은 아니어서, 자

150

신이 젊었을 때 게임을 만들던 감각으로 이 문제에 대처하려고 했다. 그는 우선 도플갱어 네트워크에서 조아만의 이름이, 좋은 쪽이든 나쁜 쪽이든 많이 오르내리게 만드는 데 전력을 기울였다. 한편으로는 이 지역에 국한하지 않고 도플갱어 네트워크에서 많은 사람들의 지지를 받는, 소위 인플루언서들에게 지지 선언을 요청했다. 조아만 릴레이 지지 선언이 꼬리에 꼬리를 물고 이어졌다. 소위 기세가 오른다고 해야 하나, 도플갱어 네트워크에서 조아만의 이름이 오르내리자, 현실에서의 지지율도 같이 오르기 시작했다. 문제는 이제, 로사 언니였다.

"이게 뭐야. 지지율이 올라가려면 손권지영 후보가 함께 올라가야지, 대체 왜 조아만 저거 혼자 쭉쭉 올라가는 건데."

"엊그제는 당선도 되기 전에 의원님이라더니."

"마, 그건 사회생활이라는 것이고."

나는 소리 죽여 웃었다. 로사 언니는 속이 타는지 이 계절에 아이스 아메리카노를 마시다 말고 계속, 계속 투덜거렸다.

"설령 지더라도 좀 비등비등 올라가다가 져야 다음이 있지. 이래서야 정말 가망도 기약도 없는 거잖아. 이야기를 들어보니, 그쪽 선거 사무소 사람들도 벌써부터 패색이 짙다고 손을 놓고 있는 모양이라던데, 그렇지 않아도 돈도 재깍재깍 줄 형편이 안 되는 데서 초장부터 기운 빠진 소리들을 하고 있으면 누가 좋다고 뽑아 주겠어. 가만히 앉아 있다가 못난이 조아만이 떡하니 당선되는 거지."

"돈 잘 준다고 조아만네 가서 일하고 있는 우리가 할 말 같진 않은데…."

"아, 좀, 시끄러워!"

그때였다. 뒤쪽에서 누군가 중얼대는 소리가 들렸다.

"…이때를 타 오(嗚)나라 들어가 손권 주유를 격동하야 조조와 싸움을 붙이고 신은 도주이환(逃走而還)하야 중도이기(中途而起)하오면 오위양국(嗚魏兩國) 형세를 일안(一眼)으로 도취(圖取)하야 좌이득공(坐而得功)할 터이오니 현주는 염려치 말으시고 금(今) 동지달 이십일 자룡(子龍)을 일엽선(一葉船)주어 남병산하(南屛山下) 오강(嗚江) 어구로 보내소서, 만일 때를 어기오면 신을 다시 대면치 못허리다."

뭔지 모르지만 한자가 잔뜩 들어간 듯한 이야기였다. 그런데 로사 언니는 뭔가를 알아들었는지, 갑자기 의자를 박차며 일어나 뒤를 돌아보았다.

우리 뒤쪽에는, 단정한 하얀 셔츠를 입은 사람이 앉아 있었다. 머리카락은 새카맣고, 가느다란 금속 테 안경을 쓴 것이, 꼭 학자처럼 느껴지는 이였다.

"…무슨 일이시죠?"

"아뇨, 그게…."

"판소리에 관심이 있으신가요?"

그가 빙긋이 웃으며 물었다. 아니, 잠깐. 이건 또 무슨 신종 수작질인데.

그러나 로사 언니는 고개를 세 번 연속으로 끄덕였다. 누가 봐도 다단계 내지는 사이비 종교에서 사람 꼬시는 상황인데, 이렇게 간단히 넘어가 버리면 어쩌려는 건지. 내가 로사 언니의 어깨를 꽉 붙잡는데, 그 사람이 고개를 쑥 들이밀며 속삭였다.

"최근 조아만 후보 릴레이 지지 선언을 잘 보았습니다. 도플갱어 네트워크에서 우선 그 이름을 많이 오르내리게 한다, 입소문을 낸다…. 좋은 전략이죠. 뭐, 젊었을 때 게임을 만들었다고 해도, 지금은 중년인 조아만이 낼 수 있는 전략이라는 게 고작 그 정도인 것 같습니다만."

꿀꺽.

로사 언니가 마른침을 삼키는 게 보였다. 대체 이 사람은 누구지?

"조아만 후보를 지지한 인플루언서들은 전부, 조아만 후보의 고향인 장안 출신이죠. 이 지역의 이권과는 상관이 없거나, 혹은 이 지역의 입장과는 반대되는 주장을 하는 사람들입니다. 조아만 후보께서는 그 사실을 알고 계시는지요."

"그 이야기를 왜 저희에게 하시죠?"

"재미있는 분이라고 생각해서요."

말간 안경 너머로, 그의 눈이 웃음지었다.

"사람들이 왜 죽은 유장락의 이야기를 계속 하는지, 어째서 유장락의 도플갱어와 계속 만나고 이야기하고 그를 지지한다 말하는지 아십니까. 그건 유장락이 30년 가까이 이 지역의 국회의원으로 일하는 동안, 그야말로 이 지역의 이익을 대변해 왔기 때문이죠. 당의 이익이나, 장안의 이익이 아니라."

"그건…."

"물론 적지 않은 사람들은, 자기 지역과 상관없는 사람이라도 유명인이 지지 선언을 하는 것을 보면 그쪽으로 마음이 기울기 마련입니다. 하지만 민한당의 텃밭과 같은 이 지역에서, 민한당과 수십 년째 대립하던 국위당 후보가 사람들 입에 오르내리는 것이 과연 좋은 일이기만 할까요? 천만에, 저는 이 상황이야말로 조아만이 후라이팬 속 팝콘처럼 사면초가 상태로 팡팡 튀겨지기 딱 좋은 상황이라고 보고 있습니다."

딴 건 모르지만 두 가지는 알겠다. 하나는 이 사람이 쓸데없이 말이 많다는 것, 또 하나는 이 사람도 구제불능의 정치 덕후라는 것. 로사 언니가 물었다.

"그러니까 그쪽 말씀은."

"동오당의 손권지영을 지지하시죠."

로사 언니가 고개를 끄덕였다. 그는 자기 짐을 챙겨 우리 쪽 자리로 건너오더니, 우리에게만 들리도록 낮지만 또렷한 목소리로 말했다.

"저는 제갈영이라고 합니다. 손권지영에게 득이 될 만한 제안을 하러 왔습니다."

* * *

그건 정말 기묘한 모임이었다. 사람이 없어 휑한 동오당 선거 사무소에, 국위당에서 아르바이트를 하고 있는 나와 로사 언니에다, 민한당 청년 인재 출신이라는 저 제갈영까지 둘러앉은 것은. 국위당에 지킬 어마어마한 의리 같은 것은 없었지만, 나는 자꾸 주위의 눈치를 살폈다. 낮 말은 새가 듣고 밤 말은 쥐가 들으며 네트워크에서 벌어지는 일은 국위당이 다 안다는데, 이 이야기가 우리 보스 귀에 들어가면 무슨 사달이 날지 모른다. 어쨌든 이

시국에 아르바이트 자리를 걱정하는 것은 나 혼자뿐이었는지, 로사 언니는 제갈영의 말에 귀를 기울였다.

"손권지영 의원님은 비례대표로 이미 2선을 하셨고, 이 험지에 공천이 되셨습니다. 당에 보답하기 위해 험지를 자처해 나왔다고 하지만, 여긴 현재 무주공산이나 다름없는 지역입니다. 당의 역량에는 분명히 차이가 있으나, 2선 의원이신 분이 이번에 처음 출마한 조아만을 상대로 이기지 못한다면, 솔직히 의원님에게 정치가로서의 미래는 어둡겠지요."

손권지영은 고개를 끄덕였지만, 제갈영의 말에 딱히 귀를 기울이는 것 같지는 않았다. 여기까지는 정치에 조금이라도 관심이 있는 사람이라면 누구나 할 수 있는 이야기다.

"솔직히 지금 일분일초가 아까운 처지라서."

손권지영은 누구에게 아첨하지 않는 듯한 목소리로 짐짓 거만하게 말했다.

"요점만 간단히 말해 주었으면 합니다만."

"저는 유장락 의원님께서 후계자로 키우시던, 이 지역에서 마을 변호사로 오래 봉사해 오신 유현덕 변호사님과 함께 일하고 있습니다. 원래는 유장락 의원님께서 민한당을 다시 일으키고, 그다음 은퇴하면서 이 지역에 유현덕 변호사님을 공천하실 계획이었으나…"

"그만 병으로 타계하셨지요, 안타까운 일입니다."

손권지영이 대답했다. 제갈영이 의아하다는 듯 손권지영을 바라보았다. 손권지영은 오늘 이 자리에 사람들이 모이고 처음으로, 조금은 감정이 실린 표정으로 제갈영을 향해 가볍게 머리를 숙였다.

"위원회에서 유장락 의원님과 함께 일했습니다. 비록 저와 생각은 다르셨지만, 언제나 지역구를 제일 먼저, 그다음으로 당을 생각하시던 분이었지요. 제게는 많은 가르침을 주셨습니다."

"아…."

"결국 그분의 지역구였던 곳에서 출마하게 되었습니다만, 여기서 의석을 얻게 된다면 유장락 의원님의 유지를 받들어 지역구민들을 위해 열심히 일할 생각입니다."

무슨 말을 하고 싶은 것인지 이해가 갔다. 손권지영은 지금 제갈영 앞에서, 유장락의 진짜 후계자는 나라고 할 수 있다, 유장락이 키우던 후계자가 있다지만 아직 정계에 입문도 안 한 상황에서, 이번에 승리하면 3선 의원이 되는 자신보다 이 지역에 더 도움이 될 사람은 없다고 못을 박는 중이었다. 정치에 별 관심이 없는 내게도 뻔히 보이는 수작인데도, 제갈영은 태연했다.

"제 생각도 그렇습니다."

"그 말은…."

"당 조직이 살아 있다면, 유장락 의원님께서 세상을 떠나셨더라도 그 유지를 받들어 유현덕 변호사님을 모셨을 것입니다. 하지만 불패의 상징 같은 유장락 의원님조차도 민한당이 사분오열된 뒤 무소속으로 출마하셨을 때는 많은 어려움을 겪으셔야 했습니다. 하물며 지금, 유현덕 변호사님께서 무소속으로 출마하신다면, 당선될 가능성은 매우 희박하겠지요. 손권지영 의원님과 표를 나눠 먹으면서 오히려 조아만의 당선만 유력하게 만들어 줄 것입니다."

제갈영은 그 말 끝에 빙긋 웃었다.

"유현덕 변호사님 입장에서야 손권지영 의원님도 강력한 적이겠습니다만, 이 지역 눈치는 요만큼도 보지 않고 장안 쪽 인플루언서들에게 지지 선언 시키는 조아만이 당선되게 둘 수는 없지요."

"이이제이(以夷制夷)라."

"그렇습니다. 외계인이 나타났으면 같이 손 잡고 싸우라는 옛말도 있지 않습니까. 마침 유현덕 변호사님도, 또 유장락 의원님의 조직들도 동의하시는 부분이니, 의원님만 동의하신다면 이번 선거에는 유장락 의원님이라는 확실한 동남풍이 등을 밀어드리도록 하겠습니다."

집에 돌아오는 길에, 그런 말이 어떻게 옛말씩이나 되느냐고 물었더니, 로사 언니가 대답해 주었다. 옛날에 정말로 그런 말을 한 국회의원이 있었다고.

"그게 언제였는데."

"너 태어나기 전에."

뭐만 물어보면 태어나기 전의 일이다. 역시 정치 덕질이란 거의 사극 덕질과 비슷한 걸까.

어쨌든 그 모임을 파하고 돌아온 다음 날, 조아만 후보님은 우리를 불렀다. 뭔지 모르지만 조아만이 눈치를 챘구나. 이제 이 일당 잘 주는 아르바이트는 잘리겠구나 하고 생각했는데, 조아만은 뜻밖에도 싱글벙글 웃음 지으며 우리 두 사람을 번갈아 쳐다보았다.

"어이구, 쫄았구나."

"…."

"상관없어. 지지하는 당은 다르지만 그쪽은 사람을 고용해 줄 여유가 없어서, 뭐 그런 이유로 다른 당에서 선거 운동원 노릇을 해 보는 사람은 생각보다 많으니까. 경험을 쌓는다 이거지. 이 동네에서 사람을 고용한다면, 누구를 고용해도 그 가족들은 유장락을 지지했을 가능성이 높아. 그런 걸로 신경쓰진 않는단 말이지."

"죄송합니다."

나는 어쩐지 기가 죽어서 조용히 대답했다. 조아만은 내가 겁을 먹은 게 마음에 들었는지, 껄껄 웃으며 냉장고에서 음료수를 한 캔씩 꺼내 주었다.

"어차피 너희 같은 애들이 스파이 노릇을 할 거라고 생각하지도 않고, 중요한 정보를 캐내서 적에게 갖다 줄 만큼 중요한 일을 시킨 것도 아니야. 며칠 안 남았으니 남은 기간 동안 열심히 하고, 너무 티 나게 남의 당 사람 만나고 다니진 마라."

조아만은 그 말 끝에, 어차피 내가 이길 거니까 하고 덧붙였다. 과연, 확신이 있는 사람의 여유라는 것이었다.

어쨌든 조아만의 확신과는 별개로, 도플갱어 네트워크 안에서는 또 색다른 일이 벌어지고 있었다. 그것은 바로 도플갱어 유장락의 대규모 선거 유세였다.

"과거에 말이야, 아직 인터넷 같은 게 나오기 전에, 방송에서 TV 토론회 같은 게 있기도 전에는 대통령이나 국회의원 선거 유세를 그런 광장에서 했었대."

썩어도 준치고, 죽어도 유장락은 유장락이었다. 도플갱어 유장락은 도플갱어 네트워크 안의 커다란 광장에 마이크를 하나 놓고 연설을 시작했다. 고인이 된 유장락이 자기 지역구에 선거 유세를 하러 나왔다는 말에, 이

동네 사람들도, 정치에 관심 있는 다른 지역 사람들도, 유장락을 지지하는 사람들도, 혹은 조아만 지지 선언을 했던 사람들도 하나둘씩 모여들었다.

"옛말에 그런 이야기가 있지요. 모사는 재인이요, 성사는 재천이라. 일을 꾸미는 것은 사람이지만 이루는 것은 하늘이라지 않습니까. 그런데 또, 재천인 게 하나 더 있어요. 인명은 재천이라지 않습니까."

죽은 유장락이 인명은 재천이라 말하자, 사람들은 더러는 웃고, 더러는 안타까워 눈물지었다. 도플갱어라 해도 그 본질은 본인의 의식을 복제한 것이니, 죽은 유장락이 이 지역 유권자들에게 마지막으로 인사를 하러 나온 것이 아니겠느냐며 사람들이 점점 더 모여들었다. 광장이 가득 차고, 이 지역의 인구 밀도가 수용 범위 이상이라고 경고 메시지가 반복적으로 뜰 만큼.

그때였다. 제갈영이 갑자기 모습을 드러냈다. 그는 희고 긴 옷을 입고 손에는 부채를 들었는데, 대체 무슨 아이템을 적용한 것인지 움직일 때마다 은은하게 거문고 줄 퉁기는 듯한 소리가 났다. 그의 뒤를 따르는 이가 둘 있었으니, 한 명은 유현덕 변호사였고, 다른 이는 손권지영 의원이었다. 제갈영이 부채를 휘둘러 아이템을 소환하자 커다란 무대가 만들어지고, 다시 부채를 휘두르자 광장이 한시적으로 넓어졌다.

"아이템을 비싼 걸 썼나 보네."

"근데 언니, 저 부채, 원래는 요술봉 아이템인 거지?"

"커스텀한 거지. 근데 뻔히 아이템 쓴 건 줄 알아도, 연출이 좋았잖아. 우리 후보님도 열 받으시겠네. 자기가 면접에서 걸러낸 사람이 유장락네 편에서 자기 등을 치고 있으니."

로사 언니가 낄낄 웃었다. 어쨌든 단상이 높다랗게 올라가고, 유장락이 그 단상 위로 올라갔다. 유장락은 자신의 정치적 후계자로서, 이 지역 사람들에게 많은 봉사를 해 온 유현덕을 먼저 소개하고, 장차 민한당을 재건해 줄 것을 당부했다. 그리고 유장락과 유현덕이 손권지영에 대한 지지를 입을 모아 호소하자 사람들은 열광했다.

"여러분, 우리 지역은 옛날부터 장안 사람들에게 차별받던 지역입니다. 장안 사람들이 두기 싫어하는 혐오 시설들이 우리 지역으로 건너왔고, 장안 사람들은 외국에서 온 이민자들이 우리 지역에 많다는 이유로 차별적인 발언들을 해 왔습니다. 그런데 장안 사람들이 지지 선언을 해 오는 후보라뇨. 그런 후보에게 여러분의 미래를 맡겨서야 되겠습니까."

나는 다른 모니터로, 도플갱어 네트워크 안에서 나와

로사 언니의 도플갱어를 찾았다. 우리의 도플갱어는 네트워크 안에서, 그동안 받았던 릴레이 지지 선언에 역공을 당하고 모든 수치가 부정적으로 돌아선 조아만 옆에서 쩔쩔 매고 있었다. 자세한 이야기는 아마도, 오늘 밤에 다시 싱크를 하고 나면 알게 되겠지만.

"그래도 우리 도플갱어들은 일 열심히 하고 있네. 마지막까지 옆에 있었으니 조아만이 돈도 안 주고 쫓아내진 않겠어."

로사 언니가 느긋하게 중얼거렸다. 나는 대체 이 상황이 그렇게만 말하면 될 일인가 싶어 모니터들을 번갈아 들여다보았다.

어쨌든 도플갱어 네트워크는 시끄러웠다. 유세의 마지막에는 이 자리에 모인 모든 사람들이 생전의 유장락이 부르던 트레이드 마크 같은 노래를 들으며 함께 합창하는 가운데, 유장락의 도플갱어가 점점 희미해지며 사라지는 연출도 있었다. 그야말로 선거의 신다운 퇴장이었다. 사람들은 이날을 두고 도플갱어 네트워크의 역사에 길이 남을 만한 선거 유세였을 거라고, 그런 순간을 함께 할 수 있었던 것이 영광이었다고 말했다. 유장락이라는 거목이 사라지며 크게 바람이 일었고, 그 바람에 힘입어 기세를 잡은 손권지영은 이 지역에서 당선이 되었으며,

유현덕은 처음으로 정계에 제대로 이름을 알렸다.

"그래. 다른 사람도 아니고 유장락이 지지한다는데!"

"그러면 유현덕이는 정계에 나오는 건가?"

"나오겠지, 이번에야 너무 촉박하여 뭘 어쩔 시간이 없었을 테고."

닭 쫓던 개 지붕 쳐다본 꼴이 된 조아만 후보님을 제외하면, 평생 유장락에게 투표해 온 이 지역 사람들 대부분이 선거 결과에는 어느 정도 만족했으니, 선거의 신 유장락은 "죽은 유장락이 산 조아만을 무찔렀다."는 말과 함께 죽어서도 지역구에 마지막 팬 서비스를 하고 간 셈이었다.

* * *

"그래서 뭐가 궁금한 거예요? 그때 썼던 아이템? 아니면 커스텀 비결?"

내가 제갈영을 다시 만난 것은, 선거가 끝나고 한 달쯤 뒤, 도플갱어 네트워크 안에서였다. 아이템으로 휘감지 않은 제갈영은 바깥 세상에서 보았던 그대로 금속 테 안경에 하얀 셔츠 차림이었다. 그는 크고 작은 보트가 여럿 묶여 있는 적벽강 선착장 근처에서 낚싯대를 드리운 채

책을 읽고 있었다.

"쉬러 들어와서 무슨 두꺼운 책을 읽는 거예요."

"공부할 게 많은데, 밖에서 한 권, 안에서 한 권 읽고서 자기 전에 싱크하면 편해서요."

"그렇게 읽어서 이해가 가요?"

"예."

"와, 진짜 좀…."

"재수 없다고 생각하죠?"

제갈영은 책장을 넘기면서 나를 곁눈질했다. 틀린 말도 아니어서 나는 그냥 입을 다물었다. 내가 또 조아만을 따라다니며 선거 운동을 할 것도 아니니, 그가 무슨 아이템을 썼는지, 앞으로 일이 어떻게 돌아갈 것인지, 그런 것 따위는 알 필요도 없었지만.

덕후의 마음이란, 때로는 전염성이 있는 법이다.

친구가 아이돌을 덕질하면 나도 그 아이돌에 관심을 갖게 되듯이, 친구가 느닷없이 광물 원석 같은 데 푹 빠져 버리면 나도 발치에 채이는 돌멩이를 보다가도 저건 무슨 원석이 아닐까 생각하게 되듯이. 때로는 정치도 그렇다. 로사 언니처럼 우리가 태어나기도 전에 무슨 정치가가 뭘 했는지까지 줄줄 외우고 다니는 그런 덕질은 못하겠지만, 적어도 관심 정도는 갖게 되었다는 이야기다.

"그러면 이제 유현덕 변호사는 어떻게 되는 거예요?"

"그 사람 일을 궁금해할 줄은 몰랐네요."

"아니, 그게…. 유장락은 유현덕 변호사를 정치적인 후계자로 생각했다면서요. 근데 이제 우리 적벽구는, 손권 지영이 먹었고."

"다음번 총선이라는 것도 있는 거죠."

아니 그러니까, 이제 3선 의원이 된 손권지영을 다음 총선에서 꺾을 수 있다는 자신감은 대체 어디서 오는 건데요. 나는 기가 막혀서, 이 대책 없어 보이는 책사를 빤히 쳐다보았다.

그리고 제갈영은 웃었다.

"그 언니라는 분은요."

"로사 언니는 이번에 아예 동오당에 입당했어요. 아니, 그런데."

"적벽구가 많이 커졌어요. 그래서 슬슬 선거구를 분할한다는 이야기가 나오고 있어요. 왜, 구 하나를 갑 선거구, 을 선거구 하는 식으로 나누잖아요? 그런 식으로."

"그래요?"

"자기네 동네 일인데 관심을 더 가져 보세요."

문득 이상한 생각이 들었다. 이곳은 현실 세계가 아닌 도플갱어들의 세계다. 한번에 두 가지 일을 하지 않는다고 누가 탓하는 법도 없다. 이곳은 현실을 닮았지만 현실이 아니고, 이곳의 물고기들은 낚시터에나 있지, 선착장 근처에서는 굳이 물고기들이 돌아다니며 리소스를 낭비하지 않는다.

그런데도 그는 선착장 앞에 있었다.

잡히지 않는 물고기를 향해 낚싯대를 드리우면서.

"첫 번째, 0선인 조아만의 뒤에는 여당이 있고, 3선에 도전하는 손권지영의 뒤에는 그나마 규모가 작은 동오당이 있죠. 다음에 민한당에서 누가 나오든, 국위당과 대결하기보다는 동오당과 대결하는 쪽이 승산이 있어요. 두 번째, 지금도 모든 지역구에 후보를 꽂아 넣지 못하고, 여긴 확실히 우리 구역이다 싶은 곳 위주로 공천을 하는 동오당에서, 다음 총선에서 새로 만들어질 적벽 을 선거구에 사람을 꽂아 넣을까요? 세 번째, 어차피 이번에 민한당에서 이 지역에 후보를 밀어넣기 어렵다면, 유장락의 두 후계자 같은 식으로 두 사람을 나란히 미는 게 낫지요. 이번에 이렇게 유장락 의원님의 덕을 보고서 다음번에 눈치없이 굴면, 배신자라고 소문나는 건 저쪽이니까. 상황 봐서 배신할 것 같으면 돌아가시기 전에 백업해 둔 유장락 의원님의 의식을 또 꺼내는 수밖에 없겠지만, 고인의 편안한 영면을 위해 웬만하면 그러진 않았으면 좋겠는데…."

나는 어처구니가 없어서 웃었다. 그가 나를 향해 얼굴을 쑥 내밀며 물었다.

"재수 없죠?"

나는 뒷걸음질을 치며 웃었다. 도플갱어 네트워크 속에 구현된 적벽강 앞에서 정치 같은 거대한 쇼에 대해 이야기하는 나를, 모니터 밖의 내가 어처구니없어 하며 들여다보고 있었다. 나는 모니터 모서리에 손끝을 대었다가, 화면을 손톱으로 툭 건드렸다. 내 손톱이 모니터를 뚫고 그 안의 세계로 들어가, 생글생글 웃는 제갈영의 이마에 딱밤을 날리다 못해, 저 적벽강에 제갈영을 퐁당 빠뜨리는 상상을 하며 나는 말했다.

"…아무래도 그런 것 같네요."

작 가 의 한 마 디

<적벽가>는 삼국지의 적벽대전을 바탕으로 하고 있지만, 이야기를 이끌어 가는 것은 조조도, 제갈공명도 아닌 병사들이다. 여담이지만 정동극장이 자랑하는 뮤지컬 <적벽>도 판소리 <적벽가>를 현대화한 것이다. 소설을 청탁받았을 때, <적벽가>와 가상현실을 얽어서 뭔가를 쓰고 싶다고 생각은 했지만, 막상 작업을 시작하는 데는 시간이 꽤 걸렸다. 뮤지컬 <적벽>처럼 압도적인 각색물이 있다 보니, 새로운 이야기의 결을 찾아내는 것이 쉽지 않았다.

그러던 중 2022년 제8회 전국동시지방선거가 시작되었다. 각 지역의 후보들은 물론 제법 거물급 정치인들도 합세하여 선거 운동에 매진하던 시기, 나는 초여름 날씨에 하루 종일 유세를 하다 파김치가 된 시장 후보를 끌고 다니며 목이 터져라 지지를 호소하던 모 정치인의 열의 넘치는 모습과 마주쳤다. 눈앞에 있는 그 정치인의 실물과, 포토샵의 신이 보우하신 듯한 공식 사진 사이의 미묘한 괴리를 느낀 바로 그 순간, <적벽가>와 가상현실과 선거 이야기가 머릿속에서 딱 하고 맞물렸다. 그렇게 우리 동네를 배경으로 순식간에 짜 맞춰진 이 이야기는, 그다음 다음 주 주말에 소설의 형태로 완성되었다.

호수의 여신

박애진

옹고집타령

실전된 일곱 마당 중 하나로 소설 『옹고집전』과 같은
내용으로 추정된다. 옹진골 옹단촌에 사는 욕심 많고
고집 센 옹고집 때문에 화가 난 도승이 볏짚으로 가짜
옹고집을 만들어 그를 개과천선시킨다는 이야기로 조
선 후기 심화된 계층간의 갈등을 반영한 작품이다.

1. 사건의 시작 - 제레미 최

"이름은 옹원영, 예명은 호수, 지구 국적은 대한민국, 현재 나이는 아흔일곱 살로 출생년도와 생물학적 나이가 일치합니다. 호수가 행성 호수로 이주할 당시는 웜홀이 발견되기 전인지라 냉동 장치로 이동했기 때문이죠. 물론 겉보기는 아흔일곱 살로 보이지 않을 겁니다. 노화방지 기술이 발전한 지 꽤 되었으니까요.

호수는 열다섯 살에 5인조 남성 그룹 '스페이스 워커'로 데뷔했습니다. 그룹에서는 랩을 맡았죠."

불을 끈 회의실에서 인간형 로봇 제피가 자리에 앉아 있는 제레미 최에게 설명했다. 화면에 5인조 남성 그룹이 V자 대형으로 춤추며 노래하는 장면이 잡혔다. 그중 후위에 서 있는데도 시선을 확 끄는 아이가 바로 호수였다. 호수가 클로즈업되자 화면이 멈췄다. 영화, 드라마, 광고, 뮤직비디오, 어디서든 선남선녀가 넘치는 시대였다. 호수는 그중에서도 단연 군계일학이었다. 열다섯 살이니 아직 더 클 텐데, 제발 저대로 커 달라고 두 손 모아 빌고픈, 여리면서도 강인한 선이 있는 화사한 미남이었다.

"2년 뒤 복면을 써서 정체를 감추고 노래하는 음악 버라이어티에서 11주간 1위를 하며 랩만이 아니라 가창력까지 뛰어나다는 찬사 속에 솔로로 앨범을 냅니다."

화면 속에서 첫 번째 우승을 한 호수가 가면을 쓴 채 변조된 음성으로 인터뷰하는 장면이 나왔다.

「단 한 명이라도 제 노래를 들어주는 이가 있다면 전 계속 노래할 수 있어요.」

"솔로 앨범의 타이틀곡 뮤직비디오가 뮤직비디오로는 최단 기간인 6개월 만에 100억 뷰를 달성하며 호수는 열여덟 살에 우주적 가수로 성장했습니다. 2년 뒤 스페이스 워커는 해체되고 호수는 본격적인 솔로 활동을 시작합니다. 작사와 작곡도 하며 쉰세 살에 은퇴하고 행성 호수로 이주할 때까지 발라드, 록, 힙합, 트로트까지 장르를 불문하고 200여 곡의 히트곡을 냅니다. 행성 호수로 이주한 후에도 꾸준히 정기적인 콘서트를 열고 있습니다만 지금은 소수의 옛 팬들이나 보는 정도입니다."

화면에 은퇴 무대를 여는 호수가 잡혔다. 외모만 보면 30대로 보였다. 열다섯 살 모습에서 기대했던 이상으로 성장해, 세상 풍파를 겪으면서도 곧은 기둥으로 자란 은행나무 같은 단단한 자태에, 해마다 찬란한 꽃을 피우는 목련처럼 고왔다. 진성과 가성을 넘나들며 경지에 오른 화가가 붓 하나로 인물화부터 풍경화까지 단숨에 그려내듯 호수는 목소리만으로 화려한 그림을 그려 냈다. 관절이 없는 연체동물처럼 몸을 돌리고 늘리고 휘다가 절도 있는 동작으로 전환하는 순간 제레미의 솜털이 곤두섰다. 사람 맞아?

"선장님?"

"아, 응응, 그래, 스페이스 워커는 왜 해체된 거지?"

제피가 불러서야 정신을 수습한 제레미가 여전히 시선은 화면에 꽂은 채로 물었다.

"소속사의 공식 입장은 계약 기간 만료입니다. 하지만 세간에는 여러 설이 분분했는데요. 솔로로 성공하게 된 호수가 그룹의 제약에서 벗어나고 싶어 했다, 호수가 안하무인에 고집이 세서 그룹 멤버들과 불화를 일으켰다, 호수를 스카우트한 다국적 기획사 크리미에서 호수만 원했다 등등입니다."

"그 고집 때문에 나에게까지 의뢰가 들어온 거지."

제레미가 중얼거렸다.

"네, 팬들 사이에서도 유명해서 별명이 옹고집이었다

고 합니다. 5년 뒤 크리미와 계약이 만료된 후에는 스스로 기획사를 차렸습니다. 다른 가수를 영입한 바 없고 오직 자기 자신만을 위한 회사였죠."

"은퇴한 이유는?"

"호수가 인터뷰를 통해서 밝힌 이유는 성공에 대한 압박을 내려놓고 오직 자신이 만들고 싶은 음악만 만들겠다는 것이었습니다. 세간에서는 박수칠 때 떠나고자 했다고 합니다. 호수의 절정기가 끝나 간다는 인식이 팽배했거든요.

첫 뮤직비디오가 6개월 만에 100억 뷰를 달성한 뒤 다음 뮤직비디오는 5개월, 그다음 뮤직비디오는 4개월로 줄어들며 호수는 스스로 자기 기록을 깨기 시작했습니다. 최고 기록은 31일 만에 100억 뷰 달성이었죠. 그러다 조금씩 기간이 길어지기 시작했습니다. 은퇴하기 전 마지막 노래는 6개월이 지나도록 10억 뷰도 채우지 못하고 있었습니다. 여전히 전설급 가수였지만 쇠락해 가는 조짐이 보였죠. 자존심이 강한 호수가 그걸 견디지 못했다고 합니다."

"곡이 별로였나?"

"그렇다고 보긴 어렵습니다. 호수의 노래는 평론가들에게는 계속 좋은 평을 받았거든요. 그보다 홀로그램 가수의 시대가 열리며 상대적으로 밀렸다는 게 중론입니다. 당시 전지구적인 흥행작이나 히트곡을 낸 가수와 배우들이 사생활에서 물의를 일으키는 일이 연이어 발생했습니다. 성폭행, 스태프에 대한 폭언과 폭행, 음주 운전, 마약 따위였죠. 동경하고 사랑하는 스타들의 이면에 대중들은 지쳤습니다. 그런데 결코 실망시키지 않을 가수가 등장한 거죠."

화면에 대표적인 홀로그램 가수 레지나와 쉐인의 모습이 떴다.

"이전에도 가상 가수가 있었습니다만 2차원 그래픽으로 애니메이션 캐릭터에 가까웠고, 소수의 마니아만이 향유했죠. 그걸 홀로그램을 통해 3차원으로 구현하고 외형 또한 실제 사람과 흡사하게 만들며 첫 홀로그램 가수, 레지나가 탄생합니다. 레지나가 마니아를 넘어서 대중적인 인기를 끌면서 홀로그램 기획사들이 우후죽순으로 생겨났고요. 홀로그램 가수에게 문제가 생긴다한들 그건 스태프나 제작진의 잘못이지 가수의 책임은 아닙니다. 공연에서 실수하는 일도, 사고를 칠 염려도 없었죠. 홀로그램 가수들은 결코 지치는 법 없이 팬들의 환호에 응답했습니다. 홀로그램 가수들에게 당시 최고의 작사가와 작곡가, 세션들이 모였죠. 그들에게도 홀로그램 가수는 매력적이었습니다. 컨디션이 좋지 않은 날도 없었고, 아무리 오래 작업해도 목이 쉬지 않았으며, 인간은 낼 수 없는 저음과 고음이 가능했고, 각기 다른 팀에서 여러 곡을 동시에 녹음할 수도 있었습니다. 소위 연예인 갑질도 없이 오롯이 그들이 원하는 음악을 수용했죠. 그중 레지나가 지구를 넘어서 다른 행성에까지 우주적으로 이름을 떨치기 시작할 무렵, 호수의 스태프가 호수가 홀로그램 가수를 비난하는 모습을 몰래 촬영해 공개했습니다. 기획사들은 이제 소속 가수들을 다 계약 해지하고 음성 합성 엔진을 다양화하면 되겠다며 비아냥거리는 것에서 시작한 호수는, 홀로그램 가수는 실체 없는 그래픽에 불과하고 홀로그램 가수의 노래에서 목소리는 음향 효과 중 하나일 뿐이라며, 그걸 가수라고 열광하는 사람들은 다 머저리라고 독설을 퍼부었습니다."

화면에서 호수가 흉포한 얼굴로 날 선 말들을 뱉는 모습이 나왔다. 지킬 박사와 하이드처럼, 조금 전 무대에서 화사하게 웃던 사람과 같은 사람이라는 걸 상상하기 어려운 극과 극의 모습이었다.

"연예인이 그렇지."

제레미가 헛웃음을 지었다.

"해당 영상이 공개된 지 며칠 후, 신곡 발표 무대에서 레지나는 자기 자신을 실재하는 그래픽이라고 칭하며 자신을 사랑하는 팬들을 자신 또한 진심으로 사랑한다고 했죠. 그 공연 무대가 30일 만에 100억 뷰를 달성하며 하루 차이로 호수의 기록을 깼습니다. 레지나 자신도 아직 깨지 못한 기록입니다."

"그리고 호수는 은퇴를 선언했군?"

"네. 하지만 대중들의 반응은 차가웠습니다. 호수가 은퇴 선언을 한 게 처음이 아니었으니까요. 폭언으로 도마 위에 오를 때마다 호수는 은퇴하겠다고 했고, 팬들은 잡는 걸 반복했죠."

"그런데 이번에는 진짜로 은퇴하고 행성 호수로 가 버렸다…."

"그렇습니다. 어떤 평론가는 삐쳤다고 하더군요."

제레미는 킥 실소를 터뜨렸다. 하지만 웃음은 곧 가셨다. 의뢰를 받았을 때부터 쉬운 일은 아니리라 짐작했지만 호수에 대한 자세한 정보를 받고 나니 더 난감해졌다.

한때 지구에서는 팬들이 돈을 모아 사랑하는 스타에게 별을 선물하는 게 유행이었다. 말이 선물이지, 숫자와 기호로 된 항성 혹은 행성에 스타의 이름을 붙여 주는 것이었다.

그러다 본격적인 우주 탐사와 개발의 시대가 열렸다.

우주 탐사와 개발의 전초 기지인 페가수스 우주 정거장 건설이 자금난으로 인해 지지부진해지자, 범우주항공국은 실제로 별을 팔기로 했다. 물론 해당 행성에 지적인 생명체가 있을 경우, 판매는 무효화되고 돈은 돌려주지 않는다는 조항이 있었다. 가격도 천문학적인 금액을 붙였는데 딱 두 행성이 실제로 팔렸다. 그중 하나가 이미 오래전에 호수의 이름으로 팬들이 사 줬던 행성 호수였다. 다른 하나는 레지나였다.

호수는 은퇴하며 행성 호수로 떠났고 전과 다른 실험적인 형태의 노래를 발표했다.

그로부터 얼마 뒤 웜홀이 발견되며 우주 탐사에 획기적인 길이 열렸다. 공간을 건너뛸 수 있게 된 것이다. 다만 웜홀을 통과한 우주선은 반드시 안전 점검을 받아야 했다. 웜홀을 지난 뒤 10~20퍼센트의 확률로 계기에 이상이 발생하기 때문이었다.

약 10년 전 행성 호수 부근에서 열두 번째 웜홀이 발견되었고, 이름은 도스라고 지어졌다. 도스 웜홀을 쓰면 지구에서 페가수스 우주 정거장으로 가는 시간을 2년 3개월 단축할 수 있었다. 현재는 3년이 걸리는지라 자동 운행 시스템을 쓰거나 사람이 꼭 탑승해야 할 경우 교대로 냉동 장치를 사용했다.

웜홀도 완벽하지는 않았다. 시간과 공간은 불가분의 관계다. 한 점에서 다른 점으로 이동하는 데에는 필연적으로 시간이 걸렸다. 웜홀은 거리를 이동하는 데 걸리는 시간의 흐름까지 모두 지워 주지는 못했다. 즉, 도스 웜홀을 통해 지구에서 페가수스 우주 정거장으로 가는 사람이 느끼는 체감 시간은 3개월이나 실제로는 9개월이 흘렀다. 도스 웜홀을 써서 지구와 페가수스를 오가는 사람은 체감으로는 2년 9개월, 실제 시간으로는 2년 3개월을 단축하는 셈이다.

행성 호수에 우주선 정비소를 건설해 도스 웜홀을 쓸수 있다면, 지구에서 페가수스 우주 정거장까지 9개월이면 갈 수 있었다. 그런데 호수가 행성 호수에 우주선 정비소를 건설하는 것을 거부했다. 행성 호수는 호수의 사유지였다. 호수의 허가 없이 건설할 수 없었다.

행성 호수는 지구의 달보다 150퍼센트 정도 커서 행성치고는 작았다. 그러나 행성치고는 작을 뿐이지, 행성 호수에서 호수가 실제 사용하는 공간은 저택 하나 크기에 불과하니 정비소를 지을 공간은 얼마든지 있었다. 저택에서 최대한 먼 곳에 짓겠다, 정비소 바깥으로는 일절 출입하지 않겠다 등등 다양한 방법으로 설득했으나 호수는 매번 일언지하에 거절했다. 범우주항공국 직원에 이어 페가수스 우주 정거장 함장까지 직접 그를 찾아가서 부탁해 보려 했지만 전부 행성 착륙 허가조차 얻지 못했다.

돈으로는 호수를 설득할 수 없었다. 은퇴 후 그는 예전 같은 히트곡을 만들지 못했다. 하지만 그가 과거에 만들었던 노래들은 지금도 지속적으로 판매되거나 리메이크 되며 그에게 막대한 저작권료를 안겼다. 옛날에 지구의 어떤 가수는 집에 놀이공원을 만들었다는데, 호수는 행성 하나를 소유한 거부였다.

제레미는 행성 간 분쟁을 해결하는 프리랜서 협상가였다. 그에게 호수를 설득해 달라는 페가수스 우주 정거장의 의뢰가 들어온 것이다. 제레미는 호수의 공연을 보고 그에 대한 자료를 찾으며 생각에 잠겼다. 아무래도 쉽지 않은 일이 될 듯했다.

2. 문제의 주인공 – 호수

"호수! 호수!"
"호수!"

100만 명을 수용할 수 있는 객석을 가득 메운 관중들이 호수의 이름을 연호했다. 무대에서 먼 곳에서도 코앞에 있는 양 감상할 수 있도록 실제 같은 홀로그램 영상이 떴다. 무대에서는 거세게 쏟아지는 소나기처럼 연출한 사이키 조명 아래에서 한 소녀가 머리를 손으로 감싼 채 뛰었다. 그때 소녀에게 우산이 씌워졌다. 깊이 씌운 우산이 얼굴을 가려 누가 우산을 씌웠는지 보이지 않았다. 느린 선율의 음악에 맞춰 천천히 우산이 올라오며 매혹적인 청년의 얼굴이 드러났다. 청년은 소녀를 보며 맑은 웃음을 지었고 소녀의 얼굴은 홍당무처럼 달아올랐다. 오래전 영화를 오마주한 연출이었다. 이어 청년이 앞으로 나오며 우산을 펼쳤다 접거나 돌리는 춤과 함께 노래를 부르기 시작했다. 격렬하게 몸을 꺾는 동작 사이사이에 우아하고 느린 선을 첨가했다. 관중석은 노래에 맞춘 응원곡으로 함께했다.

노래가 끝난 후 청년은 관객을 바라보며 청아하게 인사했다.

"이상으로 제 499번째 단독 콘서트를 마칩니다! 비비안들, 다음 콘서트는 500번째 콘서트입니다. 그날 공연을 기대하세요!"

호수가 인사하며 양손을 흔들었다. 관중석을 꽉 채운 팬들이 가지 말라는 안타까운 함성과 응원봉의 불빛과 발 구름으로 공연장을 덮쳤다. 이어 호수에게만 보이는 알림판에 '앙코르 요청'이라는 버튼이 깜빡였다.

관중석을 향해 싱긋 웃어 보인 호수가 손가락을 튕기자 무대 중앙에 마법처럼 의자가 나타났다. 그는 다리를 포개고 편안한 자세로 앉아 시선을 카메라로 향했다.

"내 마음은 호수요, 그대, 노 저어 오오."

김동명의 시를 인용한 나직한 독백으로 시작하는 발라드로, 화면을 보는 이들은 누구나 오직 자신에게만 불러 준다고 믿을 만한 자세와 눈빛이었다.

"또 만나요."

노래를 마친 호수는 연인들이 자기 전 통화를 마치고 잘 자라는 인사를 하듯 감미로운 목소리에 숨결을 섞어서 인사했다. 무대 조명이 모두 꺼졌다. 무대는 열 평 남짓한 공간이었고 관중석은 홀로그램이었다. 호수는 무릎을 짚으며 일어섰다. 무대에서 나오자 호수에게 덧씌워졌던 홀로그램도 사라지며, 해맑게 웃는 젊은이를 대신해 권태와 깊은 피로가 자리한 노인이 나타났다. 그는 마치 이다음에는 뭘 해야 할지 모르겠다는 공허한 표정으로 천천히 주변을 둘러보았다. 콘서트를 준비하는 음향과 각종 조명 장치가 있는 서른 평 남짓한 공간이었다. 그는 느린 걸음으로 자신이 콘서트홀이라 이름 붙인 방을 나왔다.

주방으로 간 그는 푸드 프린터 앞에 섰다. 푸드 프린터는 그가 원하는 맛과 질감을 얼마든지 구현해 주었다. 그런데도 그는 늘 같은 음식을 먹었다. 말린 무화과, 치즈세 종류, 연어 치커리 샐러드를 단아한 접시에 담아 식탁위에 올린 그는 홀로그램을 가동시켰다. 곧 식탁 앞에 젊은 시절 그의 모습이 나타났다. 조금 전 홀로그램을 입혔던 그와 겉모습은 같았으나 어떠한 기기의 도움도 없이라이브로 노래했고, 홀로그램을 입힐 필요 없이 자기의몸으로만 춤을 췄다. 조금 전 그가 한 공연장에 있던 관중들은 예전 공연에서 따온 관중들의 영상을 그가 부르는 노래에 맞춰 반응하도록 조정한 홀로그램이었지만 지금 그의 식탁 앞에 펼쳐진 영상에서 보이는 관중들은 작은 점 하나하나까지 모두 진짜였다. 마지막 곡이 끝나면모두 한목소리로 앙코르 요청을 했다.

음악 소리가 갑자기 줄어들더니 흰 티셔츠에 청바지를입은 건장한 청년이 다가왔다.

"개인 우주선 우루 호에서 착륙 허가를 요청합니다."

"이 멍청아! 웜홀관리국 연락은 안 받는다고 했잖아!"

"웜홀관리국 소속이 아니라 개인 우주선…."

"그놈이 그놈이지! 그걸 몰라? 내 매니저로 70년 넘게일했으면서 아직도 똥인지 된장인지 처먹어 봐야 알아?"

"계기판 이상으로 긴급 점검이 필요하다는 구조 신호를 보냈습니다. 특별한 사유 없이 구조 신호를 무시하는 건 우주법 1조 7항에 의거해서 인공지능인 저는 할 수 없습니다. 제가 거부하면 우주 경찰이 조사하러 옵니다. 그걸 바라지 않으시잖아요."

매니저가 우는소리를 했다.

"빌어먹을!"

"얼른 응답하지 않으시면 왜 응답이 늦어졌는지에 대한 사유서를 작성하셔야 하고, 사유서를 작성하지 않으시면 우주 경찰이 조사하러…."

"바꿔!"

"넵!"

매니저가 즉각 홀로그램 통신을 열었다.

「안녕하십니까. 옹원영 씨 맞으신지요?」

"네네, 제가 옹원영입니다. 무슨 일이시죠?"

호수가 본론만 말하라는 듯 인상을 썼다. 직전까지 본 젊고 쾌활한 얼굴이 아닌 폭삭 늙은 얼굴에 사나운 눈빛과 표정으로 인해 제레미는 일순 위화감을 느꼈다. 애니메이션이 실사 영화화되면서 원작 캐릭터와 딴판인 배우가 캐스팅된 느낌이었다.

「저는 개인 우주선 우루 호의 선장 제레미 최라고 합니다. 반갑습⋯.」

"반갑다? 우리가 아는 사이요?"

「옹원영 씨, 아니 예명인 호수 씨라고 불러 드릴까요?
전 호수 씨의 팬입니다.」

그 말에 호수의 표정이 아까보다 더 험상궂게 일그러
졌다. 진짜 팬이라면 호수라는 예명부터 나와야 했다. 호
수는 제레미를 30대 중반으로 보았다. 기술이 노화를 늦
추는 시대에 들어선 지 오래라 호수도 겉보기로는 60대
초반으로밖에 보이지 않았다. 그래서 겉보기로 나이를
유추하는 건 힘들었다. 하지만 호수는 눈빛이나 말투, 표
정 등에서 나이를 잘 읽어내는 편이었다. 제레미는 겉으
로 보이듯 실제로도 30대 중반일 것이다. 우주선을 다루
는 자들은 어려 보이는 걸 기피해서 30대에서 40대까지
는 외형을 유지하는 걸 선호했다. 30대 중반이라면 그가
은퇴한 후에 태어난 사람이라는 소리였다. 그런데 자기
팬이라? 뻔한 사탕발림이라 코웃음도 아까웠다.

「우루 호의 엔진에 경고등이 켜졌습니다. 잠시 착륙해
서 점검해도 되겠습니까?」

호수의 날 선 반응에도 제레미는 차분하고 예의바르게
용건을 말했다.

"우주법 17조 9항에 의거해서, 특별한 사유 없이 점검

이 필요한 우주선의 착륙을 거부하면 우주 경찰이…"

"닥쳐!"

제레미는 매니저와 호수의 대화를 듣지 못했다. 매니저가 홀로그램 통신의 음성 모드를 오프 모드로 바꾼 채 말을 전달했기 때문이었다. 하지만 영상은 보여서 제레미는 호수의 입모양에서 '닥쳐!'를 읽었다. 아마도 매니저를 향해 한 소리라고 그는 짐작했다. 곧이어 매니저가 제레미에게 통신을 보냈다.

「안녕하세요. 저는 호수 님의 매니저인 매니저라고 합니다.」

"매니저? 이름은 뭐지?"

「제 이름이 매니저입니다. 매니저 계의 극한 직업 호수 님의 매니저이기도 하고요. 저도 이름 같은 이름을 받고 싶은데 호수 님에게는 말도 못 꺼내 봤어요. 그래도 우리 호수 님이 본성은 착하시거든요. 다만 성격이 조금 까다로우실 뿐이죠. 그래도 실력은 여전하시답니다. 언제든 공연 요청은 제게 연락주세요.」

"우린 공연 요청을 하려는 게 아니야."

「알고 있습니다. 직업병이니 이해해 주세요.」

매니저는 여 보란 듯이 과장된 한숨을 내쉬고는 말을 이었다.

「진짜 문제가 있는 게 아니라면 이만 돌아가시는 게 어떨까요? 어디까지나 비공식적으로 말씀드리는 건데요. 저희 호수 님께서 성격이 정말 지랄 맞으셔서요. 엔진에는 아무 이상 없고 다 핑계라는 걸 인공지능인 저도 아는데 호수 님이 모르시겠어요? 제발 그냥 돌아가 주세요.」

"우리 계기판에 나온 경고등을 보여 줄까?"

매니저의 눈꼬리가 아래로 축 처졌다. 외형만 보면 사람인지 로봇인지 구분이 되지 않았다. 홀로그램 통신이기에 더 그랬다. 하지만 과장된 표정에서 만들어진 이미지, 즉 로봇이라는 게 얼핏 드러났다.

「정 그러시면 다시 말씀드려 볼게요.」

시무룩하게 고개를 숙인 매니저의 홀로그램이 사라졌다.

"착륙을 거부할 명분이 없습니다. 어쩌죠?"

"어쩌긴 뭘 어째?"

호수가 버럭 성질을 냈다.

"네."

"그놈이 네 소개 듣고 뭐라든?"

"제 이름이 뭔지 묻더라고요."

호수의 입술이 삐뚜름하게 일그러졌다. 그럼 그렇지, 팬이니 뭐니 하는 건 역시 다 헛소리였다. 진짜 팬이라면 그의 로봇 매니저 이름이 매니저라는 걸 모를 리 없었다.

매니저는 우루 호를 행성 호수 우주선 착륙장으로 유도했다.

제레미는 행성 호수의 대기권으로 진입하며 감탄 어린 휘파람을 불었다. 오래전 범우주항공국은 아무 거리낌 없이 행성을 판매하겠다고 했다. 사진을 통해 빛나는 색깔과 밤하늘에 있는 위치가 마음에 든다는 이유로, 기실 무작위로 선택된 행성에 지적인 생명체가 있을 확률은 사막에서 모래 한 알을 주웠는데 그게 다이아몬드일 확률과 같았다. 웜홀 발견으로 인해 본격적인 우주 탐사와 이주의 시대가 열린 아직까지도 지적인 생명체의 흔적은 발견하지 못했다.

"이건 다이아몬드보다 더 대단한 거 아냐?"

제레미는 창밖에 보이는 풍경에서 눈을 떼지 못했다. 수십에서 수백 미터에 이르는 붉고 푸르고 노란 원색의 나무들이 행성을 빼곡하게 메워 땅에서 노을이 이는 듯한 착시를 불러일으켰다. 어떤 나무들은 침엽수처럼 뾰족하게 솟았고, 어떤 나무는 잎들이 분수처럼 우아한 곡선을 만들며 아래를 향했다. 바다처럼 거대한 호수는 황금색으로 빛나며 다채로운 나무의 향연을 담아냈다.

"오만한 가수가 은퇴한 뒤 살기 딱 좋은 곳이네."

그는 누가 길쭉한 송곳으로 관자놀이를 찌른 듯한 두통을 느꼈다. 첩첩산중이었다. 호수는 이곳을 자기만의 낙원으로 삼았다. 순순히 우주선 정비소 건설을 허락할 것 같지 않았다.

"나라도 싫겠다."

제레미는 피곤한 한숨을 내쉬었다. 행성 호수의 가장 큰 매력은 다른 사람이 없다는 데 있었다. 사람은 사회적인 동물이면서 자기 공간에 대한 집착이 강했다. 특히 아름다운 곳에 사람이 많은 걸 싫어하면서 독차지하고픈 욕망이 있는 존재였다.

착륙장에는 아무도 없었다. 행성 호수에 사는 지적인 생명체는 호수가 유일했다. 그는 제피와 함께 에어카를 타고 착륙장을 나왔다. 호수는 자신의 저택, 지구 및 인류가 정착한 다른 행성들과 소통할 통신소를 지은 것 외에는 행성을 있는 그대로 놔두었다. 착륙장은 저택과 700킬로미터 떨어진 곳에 있었다. 유일한 착륙장과 저택의 거리가 멀다는 건 애초에 행성 바깥출입을 하거나 찾아오는 이를 맞이할 의사가 없다는 소리였다.

제레미는 에어카로 주변을 돌며 우주선 정비소를 설치할 후보지를 물색하고 촬영한 뒤 착륙장으로 돌아왔다.

그러면서 착륙장을 정비소로 확장하는 게 비용과 효율 면에서 가장 좋다는 결론을 내렸다. 다만 황금빛 호수 가까이에 무인 카페를 하나 만들어 줬으면 하는 바람이 일었다. 우주선을 정비하는 동안 쉬기에 안성맞춤인 장소였다.

형식적으로 우루 호를 점검하는 시늉을 한 그는 매니저에게 연락해서 호수에게 감사 인사를 하고 싶다고 했다. 하지만 돌아온 건 사유지 내 위법 행동에 대한 고소장이었다.

"사유지에서는 허가 없이 보조 로봇이 착륙할 수 없습니다. 또한 착륙장 바깥을 무단으로 벗어났으니 사유지 무단 침입죄에 해당합니다. 혹시 행성 내부를 촬영하셨다면 사유지 불법 촬영에 해당합니다. 그러게 착륙하지 말라고 말씀드렸잖아요."

매니저가 침울한 목소리로 뒷말을 붙였다.

"무슨? 나가지 말라는 말도 없었잖아!"

제레미가 기함을 토했다.

"선장님, 매니저의 말이 맞습니다."

우주법을 검색한 제피가 말했다.

"뭐?"

우주법상으로는 매니저의 말이 맞았다. 다만 형식적인

조항으로 아무도 신경 쓰지 않는 법일 뿐이었다. 착륙을 허가한 뒤 착륙장 바깥으로 나가지 말라는 건, 집에 초대한 뒤 현관에만 서 있으라는 것처럼 비상식적인 행동이었다. 로봇을 대동하지 말라는 것도 사람만 들어오고 가방은 밖에 두라는 것과 같았다.

"호수 님께서 즉시 떠나시랍니다. 벌금을 내거나 법정에서 만나자고 하시네요. 제가 벌금을 깎아 드릴 테니 법정까지 가지는 않는 걸로 하시죠."

"호수 씨를 만나야겠어!"

"선장님, 불법 행위로 인해 떠나라는 요구를 받았는데 지연하시면 이 또한 위법 행위로 걸립니다."

제피가 만류했다.

"역시, 로봇끼리는 말이 통한다니까요!"

매니저가 내 고충을 너만은 알리라는 눈빛으로 제피를 보았다.

"이런…!"

"선장님!"

제피의 외침에 제레미는 입 밖으로 튀어나올 뻔한 욕설을 가까스로 삼켰다. 입술 안쪽까지 올라온 토사물을 도로 삼킨 듯 기분이 더러워졌다. 욕을 하면 죄목만 늘어날 터였다.

"엔진에 아무 이상이 없다는 증거도 확보했습니다. 제발 더 이상 문제를 일으키지 말아 주세요."

매니저가 애걸조로 말했다. 턱을 강하게 맞문 채 돌아선 제레미가 우루 호에 올라 행성 호수를 떠났다.

3. 전개

「고소라니? 도대체 일을 어떻게 처리한 건가?」

페가수스 우주 정거장 함장이 낯빛을 굳혔다.

"범우주항공국 소속이 개인의 사유지를 침범해서 고소당했다면 물론 문제가 크겠죠. 그래서 절 고용하신 거 아닙니까. 전 프리랜서예요."

제레미가 느긋한 태도로 대답했다.

「우리가 자네를 고용하지 않았나.」

"임시 고용이죠. 문제가 생기면 절 해고하시면 될 일이에요."

「무슨 방법이 있는 건가?」

"기다려 보시죠."

통신을 마친 제레미는 푸드 프린터에서 두툼한 스테이크를 선택해서 큼직하게 썰어 먹었다.

"어쩌실 거예요?"

"그러게. 호수에게 가족이나 설득해 볼 만한 친구가 있을까?"

함장 앞에서는 태연을 가장했지만 속마음은 막막했다.

"부모님은 40년 전 열악한 요양원에서 돌아가셨다고 합니다. 형이 있었는데 12년 전에 죽었습니다. 죽기 전에 형이 성공한 가수이면서도 부모님과 자신을 방치한 호수를 비난하는 인터뷰를 했습니다만, 호수에 대한 세상의 관심이 거의 사라졌을 때라 별다른 후속 기사 없이 지나갔습니다. 세 번 약혼했다가 세 번 다 파혼했고 결혼한 적은 없습니다."

"같이 일하던 스태프는?"

"행성 호수로 가기 전 호수는 스태프 전원과 계약을 해지했습니다. 초반에는 몇몇 기획사에서 연락했지만 호수가 전부 거절했고요. 사적으로 연락하는 사람은 없다고 합니다."

"그래, 누구든 마음을 돌릴 사람이 있었으면 진즉 웜홀 관리국이든 페가수스 우주 정거장이든 찾아서 연락했겠지. 콘서트는 계속 연다며?"

"네, 행성 호수로 이주한 뒤 연 첫 콘서트는 10억 3천만 명이 동시 관람했습니다. 그때 판 티켓 값만으로도 평생 먹고 사는 데 부족함이 없죠."

"지금은?"

"10만에서 20만 명 정도입니다. 앙코르 요청을 하는 팬들도 20~30명은 있습니다."

"그래도 제법 되네?"

"최초로 동시 관람 30억 명의 기록을 세운 가수니까요. 물론 현재 그 기록은 깨졌지만, 그 무렵 인구 대비로는 여전히 1위입니다. 그때에 견주어 보면 없는 거나 마찬가지죠."

"흐음…."

제레미는 고소장을 바라보며 생각에 잠겼다.

* * *

호수가 매니저를 향해서 말했다.

"다시 말해 봐."

"네, 다섯 번째 다시 말씀드립니다만, 행성 호수에서 가장 가까운 행성인 험다에서 재판이 열릴 예정이니 참석하셔야 합니다."

"화상으로 하면 되잖아!"

"화상 재판을 신청했으나 기각당했습니다."

"왜?"

"호수 님 건강하시고, 이동하는 데 드는 비용도 감당할 수 있어서 화상 재판을 진행할 사유로 부적격…."

"진짜 이유는 뭐야?"

"미운 털 박히신 거죠. 사실 화상 재판은 재판관 재량으로 편의를 봐줄 수도 있는 건데, 예전처럼 사람들이 재판장 앞에 구름처럼 모일 것도 아니고…."

"입!"

"닥치겠습니다."

"그놈은 뭐래?"

"재판으로 해결하자고…."

"약삭빠른 놈. 벌금을 깎아 주겠다고 해 봐야 싫다고 하겠지?"

"네. 허가 받은 착륙이었다며 맞고소를 하겠다고…."

"내가 고소를 취하하면 본인이 고소해서라도 나를 기어이 재판장으로 불러내겠다?"

"그런 의도지 싶습니다."

"배를 갈라 내장을 꺼내 순대를 만들어 채를 쳐 버릴!"

이후 호수의 입에서 장장 10분간 단 한 어휘도 겹치지 않는 총천연색 비난이, 내용과 어울리지 않게 리듬을 타고 쏟아졌다.

호수는 단 한 번도 디스 랩을 만든 적 없었다. 많은 래퍼들에게 수없이 많은 디스 랩을 받았으나 그는 랩으로 대처하지 않았다. 도를 넘었을 경우에는 고소하는 쪽을 택했다. 하지만 그의 스태프와 오랜 팬들은 호수가 디스 랩을 만들면 전설적인 랩이 나올 거라고들 했다. 매니저는 그 말에 적극 동의했으나 호수 앞에서는 내색하지 않았다.

숨을 몰아쉬며 푸드 프린터로 간 호수가 무알콜 와인을 택했다. 그는 평생 건강식을 먹고 술은 어쩌다 마시며 매일 운동을 하면서 몸 관리를 해왔다. 그는 와인 잔을 천천히 돌렸다. 투명한 잔 안에서 석양을 품은 바다처럼 붉은 물결이 일었다. 호수는 잔을 들고 창가로 가서 블라인드를 걷었다. 어떠한 보정도 필요 없는 총천연색 세계가 펼쳐졌다.

호수는 행성 호수의 곳곳에서 수십 편의 뮤직비디오를 찍었다. 행성 호수는 태고의 신비를 간직한 곳이었다. 어떤 곳은 원색으로 찬란하게 빛났고, 어떤 곳은 무채색조로 잔잔하고 서글픈 느낌을 주었다. 호수는 난생처음 놀이동산에 온 아이처럼 행성 호수를 만끽했다. 그는 열두 살에 연습생 생활을 시작했다. 그 뒤 쉰 살이 넘도록 혼자만의 시간을 보낸 적이 없었다. 휴가 때조차 언제나 파파라치를 의식해서 연출된 모습을 만들었다.

자유와 고독 속에서 작곡과 노래, 공연으로 즐거움과 공허를 채우는 동안 어느새 43년이 흘러 있었다. 호수는 43년 동안 행성 호수 안에서, 전적으로 그의 비위를 맞추는 로봇 매니저하고만 살아왔다. 제레미가 그를 맞고 소한다는 건 두렵지 않았다. 그는 살면서 수없이 많은 고소를 했고 고소를 받아 왔다. 문제는 행성 호수를 나가야 한다는 데 있었다. 지금에 와서 행성 호수 바깥으로 나가야 한다는 건, 이제까지 용돈 받으며 살던 중학생에게 갑자기 생활 전선에 뛰어들라는 말처럼 막막하고 두려운 일이었다.

물론 처음부터 행성 호수 안에서만 살 생각은 아니었다. 그는 사람들이 결국 다시 그를 찾으리라 믿었다. 행성 호수에 온 뒤 그는 해마다 신곡과 함께 뮤직비디오를 발매했고, 콘서트를 열었고 티켓은 비싼 값에 팔렸다. 그의 예상대로 홀로그램 가수에 대한 사람들의 반응도 조금씩 시들해졌다.

홀로그램 가수의 장점은 곧 단점이었다. 무대에서 벌이는 실수, 인간적인 결점은 곧 고유한 캐릭터이기도 했다. 무대에서는 옷을 찢어 균형 잡힌 근육을 자랑하는 가수가, 예능 프로그램에 출연해서 허약해 보이는 희극인에게 팔씨름을 지는 일도 발생했다. 그래서 겉보기용 근육 아니냐며 패션 근육이라는 이름이 생겼다. 지적인 이미지의 배우가 막상 대화를 나눠 보면 흥부와 놀부 중 누가 형인지도 모를 정도로 기본적인 상식이 결여되어 있기도 했다. 단점은 포장하기에 따라서 얼마든지 매력으로 탈바꿈될 수 있었다. 허당미, 순백미, 패션 근육계의 최강자 등등 예상 밖의 모습에 따라붙는 별명은 팬들의 호감을 끌어냈다.

홀로그램 가수에게는 실제 사람 가수에게는 있는 바로 그 의외성이 없었다. 홀로그램 가수는 뛰어난 가창력과 춤 솜씨는 갖추었으나 그뿐이었다. 스타에게는 가창력과 춤 솜씨 이상이 필요했다. 홀로그램 가수는 어떤 모습을 보이든 연출이었다. 그건 의도에서 벗어나는 일이 없다는, 다른 말로 예측 가능한 범위 내에 머무른다는 말과 같았다.

홀로그램 가수의 전성기는 빠르게 지나갔다. 레지나와 쉐인처럼 소수의 홀로그램 가수만 살아남아 여전히 인기를 누리며 성공 사례로 남았다. 그러나 은퇴한 호수와 사라진 홀로그램 가수의 빈자리는 다른 가수들로 빠르게 채워졌다.

호수는 계속 공연을 이어나갔다. 티켓 판매수는 하향

호수의 여신

곡선을 그렸지만 열다섯 살에 데뷔한 뒤 수십 년간 활동하는 동안 롤러코스터처럼 삽시간에 변하는 대중들의 마음과 선호도에 대해서는 단련될 만큼 단련되어 있었다. 그는 일희일비하지 않으며 꾸준히 새로운 곡을 만들었다. 유성처럼 일순간 빛을 발하고 타서 사라지는 가수들이 얼마나 많든 자신은 그렇게 될 리 없다고 확신했다. 그는 호수였다. 호수는 다른 무엇보다 자기 자신의 천재성을 믿었다. 그는 분명 희대의 천재였다.

그렇다고 호수의 공연 연출, 노래가 모두 자기 혼자만의 아이디어로 만들어진 건 아니었다. 그에게 자기 의견을 제시하고, 그의 의견을 반대하고, 좋은 안건은 더 살리도록 지지하고 새로운 안을 덧붙이는 사람들이 있었다. 혼자가 된 호수는 차츰 자기만의 세계에 침잠하며 정체되었다.

호수도 그 사실을 알았다. 좋은 노래와 무대를 만들기 위해서는 숙이고 들어가서 스태프들을 모집해야 했다. 그러나 호수는 그러지 못했다. 아집임을 누구보다 더 잘 알기에 더욱 그 아집에서 나오지 못했다.

평생 다 쓰지 못할 돈은 이미 모았다. 만들고 싶은 음악만을 만들겠다는 명분으로 그는 자기만의 성에 스스로를 가두었다. 그가 바라는 음악을 구현하려면 다른 사람들의 협력이 필요하다는 걸 알기에 전력으로 거부했다. 그 자신만의 힘으로 다시 전설적인 히트곡을 만들어야 했다. 스태프를 모집하는 건 그 뒤의 일이었다. 그렇게 공연을 이어가던 어느 날 그는 야외 공연에 체력적인 한계를 느꼈다. 그간 찍어 둔 행성 호수의 영상이 페타바이트 단위로 저장되어 있으니 실내에서 촬영한 뒤 배경을 덧씌우면 되었다. 그러다 노래와 춤까지 기계와 홀로그램의 도움을 받기 시작했다. 어느 순간부터 그는 기계와 홀로그램의 도움이 아니면 전처럼 노래하고 춤추는 모습을 보이는 게 불가능해졌다.

"그래서 협상안은 뭐야?"

무알콜 와인을 다 마신 호수가 물었다. 제레미가 원하는 건 행성 호수에 우주선 정비소를 건설하는 것일 터였다. 그건 그를 압박하기만 해서는 얻을 수 없었다.

"험다중앙공연장에서 최고의 스태프로 500번째 콘서트를 열게 해 준답니다."

"내가 정비소 건설을 허가하면 말이지?"

"명확하게 그렇게 말한 건 아닙니다."

"흥. 하지만 그걸 바라겠지."

"아무래도 그렇죠."

호수는 두 번째 와인을 따랐다. 이번에는 1도로 약한

알코올을 넣었다.

험다중앙공연장은 호수가 은퇴하기 전에 건축을 시작했다. 완공된 후 현재까지 전 우주에서 가장 환상적인 설비를 갖춘 공연장으로 명성을 떨치고 있었다. 호수는 오랜만에 마시는 알코올 기운이 몸에 번지는 걸 느끼며 험다중앙공연장에 가기 위해서라면 행성 호수를 떠날 수 있음을 인정했다. 다시 한 번 진짜 관객들 앞에서 노래하고 싶은 마음이 덩굴식물처럼 그의 전신을 감으며 올라왔다. 매니저가 매번 함성 수치를 조절하지만 그 누구보다 호수 자신이 과거의 그림자에 불과함을 알았다.

"재판을 최대한 미뤄. 미룰 수 있는 핑계란 핑계는 다써서."

"네."

매니저는 위기소침하게 돌아섰다.

* * *

제레미는 호수가 재판을 늦추려는 모습에 그가 자기의 제안을 거부했음을 알았다.

"이제 어쩌죠?"

"채찍, 당근, 다음은 다시 채찍이지. 콧대를 한 번 꺾어

쥐야겠군."

제레미의 입술에 자신만만한 웃음이 매달렸다.

3. 쉐인

「내 마음은 호수요, 그대, 노 저어, 오오….」

공기 7할, 소리 3할, 비누가 물에 녹듯 발끝부터 머리
끝까지 녹아 버릴 것 같은 달콤한 목소리가 무대를 한 바
퀴 돌았다. 현장에 있는 팬들은 숨을 들이켠 채 전신을
긴장시켰다. 집에서 맥주와 안주를 앞에 두고 홀로그램
으로 공연을 보던 사람들은 입에 넣은 땅콩을 그대로 물
고 있었다.

「노 저어 오, 오!」

두 번째 "노 저어 오오"는 고음으로 올라갔다. 팬들은
굳었던 온몸을 펴며 목청껏 함성을 질렀다. 록발라드로
리메이크한 '호수의 마음'이 심장을 맥동시키는 진동으
로 공연장을 울렸다. 험다중앙공연장에서 열리는 쉐인의
1301번째 콘서트였다. 활동 시기에 견주어 콘서트 횟수
가 많은 건, 쉐인이 홀로그램의 특성을 이용해 여러 곳에
서 동시다발적으로, 각 행성의 문화에 맞춘 콘서트를 열

기 때문이었다. 이후 많은 홀로그램 가수가 따라했으나 결과적으로 그 가수에 대한 신비감만 떨어뜨렸다. 쉐인만 예외로 남아 팬들은 한정판 굿즈 모으듯 그의 모든 공연을 관람하기 위해 티켓을 구매했다.

같은 날 호수도 500번째 콘서트를 열었으나 참석한 팬은 만 명이 채 되지 않았다. 앙코르 요청은 단 한 명뿐이었다.

쉐인은 콘서트 전에 신곡 세 곡을 발표했다. 그중 두 곡이 '호수의 마음'을 비롯한 호수의 대표 히트곡 리메이크였다. 쉐인의 오리지널 곡은 소소한 반응을 얻었으나 '호수의 마음'은 쉐인의 역대 히트곡 기록을 깼다. 절대다수의 사람들이 그게 호수의 노래였다는 걸 알지 못했고, 안다고 한들 이렇다 할 관심을 두지 않았다. 콘서트에서도 쉐인은 호수의 여러 노래를 리메이크해서 불렀는데 모두 음원 차트 상위권에 올랐다.

"이렇게 잘될 줄은 몰랐는데, 기대 이상이야."

제레미가 박장대소하며 박수를 쳤다. 신차를 사는데 조금이나마 보태려고 타던 차를 중고 시장에 내놨는데, 마니아층에게 수집 가치가 있는 모델이라 신차 이상의 값을 받은 기분이었다.

험다는 관광 행성이었다. 도스 웜홀을 사용할 수 있으

후반부

면 험다에 오는 관광객의 수가 대폭 늘어날 터라, 험다중앙공연장의 협조는 쉽게 얻을 수 있었다. 쉐인을 택한 건 단독 콘서트를 대부분 호수의 리메이크 곡으로 채운다는 조건을 선선히 받을 거의 유일한 가수였기 때문이었다. 가수보다 기획사를 설득하는 게 훨씬 쉬웠다. 험다중앙공연장은 예약을 잡기도 힘들었고 가격도 비쌌다. 쉐인의 기획사는 험다중앙공연장에서 대관료를 깎아 준다는 말에 흔쾌히 응했다. 그리고 상상 이상의 히트를 쳤다.

"본디 곡이 좋았기 때문이겠지…."

제레미는 호수의 원곡과 쉐인의 리메이크 곡을 번갈아 가며 들었다. 쉐인의 리메이크 곡은 최근 유행하는 리듬을 따라 만들어서 훨씬 귀에 잘 들어왔다. 하지만 원곡의 깊이는 담지 못했다.

* * *

호수의 매니저가 쭈뼛거리며 수입을 보고했다. 무려 500번째 콘서트가 최저 관객수를 기록했는데도 오랜만에 큰돈이 입금되어 있었다. 리메이크 된 곡이 올린 수익이었다.

호수는 푹신한 소파에 스스로를 파묻은 채 말이 없었

다. 그는 자기 기획사를 연 뒤 만든 곡은 리메이크를 허락하지 않았다. 하지만 이전 기획사와 계약했을 때 이미 리메이크 계약을 했던 곡들은 어쩔 수가 없었다.

"그러게 제가 콘서트 날짜를 바꾸자고 했잖아요. 쉐인이라서가 아니라 험다중앙공연장에서 큰 공연이 열릴 때는 피해야 한다고요!"

호수는 들은 체도 하지 않았다.

"고소할까요? 쉐인은 리메이크했던 곡을 다시 리메이크했는데 계약서 조항을 잘 물고 늘어지면…."

매니저는 뒷말을 잇지 않았다. 분명 노이즈 마케팅이라는 갖은 비난과 조롱이 쏟아질 것이다. 이전의 호수라면 자기처럼 정상에 이른 가수가 뭐가 아쉬워서 노이즈 마케팅을 하겠느냐는 논리로 그런 조롱쯤은 너끈히 맞설 수 있었다. 하지만 지금의 호수는 그런 모욕을 견딜 수 없었다. 진짜 그 고소로 원곡에 시선이 몰리고 조금이라도 더 판매되면, 그의 의도와 상관없이 진짜 노이즈 마케팅이 될 것이기 때문이었다. 최악은 조롱만 받으며 원곡은 팔리지 않는 거였다.

"너무 오래 살았어."

호수가 툭 말을 던졌다.

그는 이후 일어날 일을 어렵지 않게 그릴 수 있었다.

단물이 고인다 싶으면 황금 알을 낳는 거위의 배를 가르는 행위일지라도 일단 달라붙어 빨아먹는 게 공연계였다. 이미 리메이크 판권을 산 회사들은 그의 노래를 다시 리메이크 할 것이다. 그의 춤, 예전 무대 의상과 연출을 오마주하는 곳도 우후죽순으로 생길 터였다. 그리고 원곡에 관심을 갖는 사람들은 극소수에 불과하리라. 대부분의 사람들은 그게 리메이크라는 것도 모르고 지나갈 것이다. 그 자신이 영화와 드라마의 명장면들을 오마주해서 공연을 열 때 여실히 느꼈던 점들이었다. 사람들은 오리지널에 관심 없었다.

호수는 창밖 어딘가로 초점 없는 눈을 돌렸다. 조금씩 줄어드는 관객 수를 보는 게 나이 들고 병이 들며 나날이 쇠약해져 가는 자기 몸을 보는 것 같았다면, 지금은 단두대에 놓인 신세였다. 호수에게 잊힘은 곧 죽음이었다.

"흠흠, 제레미가 험다중앙공연장에서 공연하게 해 주겠다는 제안을 다시 해 왔습니다. 호수 님, 좋은 제안이에요. 당당하게 그 곡들이 호수 님의 곡이라는 걸 밝힐 기회입니다. 마침 흐름도 좋습니다. 이 흐름을 타면 다시 전성기를 맞이할 수 있어요!"

"홀로그램을 입혀서 노래하는 게 무슨 의미가 있지?"

"나이 들어서도 계속 라이브로 노래하는 가수들도 있

어요. 지금 목소리와 성대에 맞도록 편곡하세요. 안무도 새로 짜시고요. 빠르고 격렬한 안무만 좋은 안무가 아니에요. 느린 호흡에 맞춰서 우아하면서 절제된 안무를 짜는 거예요. 호수 님은 천재잖아요!"

호수는 눈을 감았다. 그리고 나직하면서 분명하게 말했다.

"싫어."

"법정 출두는요?"

"안 가면 벌금인가?"

"체포되실 수도 있어요."

"그러라 그래."

"호수 님!"

호수는 매니저에게 가라는 듯 손짓했다.

4. 제3의 인물 - 홍안나

제레미는 검지로 의자를 톡톡 두드렸다. 딱따구리가 부리로 머리를 쪼아대는 것 같았다.

"이렇게까지 하겠다고?"

호수의 매니저가 울상을 지으며 호수는 벌금을 얼마를

물든, 체포 영장을 받든 절대로 법정에 출두하지 않을 거라고 전했다.

"이만하면 판은 다 깔아 줬잖아. 예전의 명성을 되찾을 기회를 준 거라고. 공연할 자신이 없나?"

"그럴 수도 있습니다. 언제부턴가 호수의 콘서트가 홀로그램을 입혀서 만든 거라는 걸 알 만한 사람들은 다 아니까요."

"험다중앙공연장에서도 그렇게 할 수 있어. 행성 호수에 있는 공연장이 유치원이라면 대학교 수준이잖아."

"네, 그 점도 전달했습니다."

"대관절 이렇게까지 고집을 부리는 이유가 뭐지?"

제레미는 날카로운 눈으로 호수의 500번째 콘서트를 보았다. 약점이 없는 사람은 없다. 기댈 곳이 필요하지 않은 사람도 없다. 사람은 인공지능 매니저에게만 기대서 살기에는 지나치게 사회적으로 진화된 동물이었다.

「오늘 제 500번째 콘서트에 함께해 준 여러분에게 진심으로 감사드립니다. 앙코르 요청이 들어왔네요.」

호수의 얼굴에 싱그러운 웃음이 번졌다.

「단 한 명의 팬만 있어도 저는 노래합니다.」

이어 호수는 '이름 모를 소녀에게'라는 발라드 곡을 불렀다.

"하여간, 연예인들이란… 단 한 명의 팬만 있어도 노래한다? 그럼 험다중앙공연장에서 수십억의 팬에게 노래할 기회는 왜 걷어차? 허세하고는….'

"진짜일지도 모르죠."

"뭐?"

"호수의 콘서트 접속자를 조사했습니다."

조사가 아니라 해킹이지만 제레미는 제피에게 그 점을 지적하지 않았다. 법률의 경계에서 일하는 게 그의 방식이고, 페가수스 우주 정거장에서도 그 사실을 알기에 그를 고용한 것이다.

"한 명이 꾸준히 접속합니다. 이번 500번째 공연에서 앙코르 요청을 한 단 한 사람이기도 하고요."

"누군데?"

"홍안나. 103세로, 현재 의료 전문 행성인 제이다의 의료 시설에서 지내고 있습니다."

"그래도 20만, 적어도 10만 명의 팬 중 하나 아니야?"

"호수의 공연 날짜는 들쭉날쭉합니다. 자기 생일이나 데뷔 기념일에 맞출 때도 있고, 곡과 무대가 준비되는 대로 열기도 해요. 그런데 12년 전부터 7월 29일에는 반드시 콘서트를 열었습니다."

"무슨 날인데?"

"홍안나의 생일입니다. 홍안나가 행성 제이다로 이주한 뒤 제이다의 의료 시설에도 목돈을 기부했습니다. 호수는 기부하지 않는 걸로도 유명했거든요. 자기가 힘들게 번 돈을 왜 남에게 공으로 줘야 하느냐는 발언으로 막말 논란을 일으킨 적도 있습니다."

"이번에도 7월 29일에 열었어. 쉐인과 같은 날이었지. 본인에게 불리하리라는 걸 몰랐을 리 없는데 말이야. 흐음…."

제레미는 즉시 행성 제이다로 우주선 항로를 잡았다.

행성 제이다의 우주선 선착장에서 내리자 나른한 운율의 음악 같은 포근한 공기가 그들을 맞이했다.

제레미는 홍안나와 의료 시설 내부에 있는 산책로를 거닐었다. 홍안나는 인공 관절과 인공 뼈로 인해 꼿꼿하게 서서 걸었다. 주름 제거 수술 덕에 피부도 좋았고, 눈동자는 맑았다. 무엇보다 생기가 도는 표정이 그녀를 나이보다 한참 젊어 보이게 만들었다.

"103살에 의료 전문 행성에서 지내는 사람치고는 활발하다고 생각하시는군요. 기다릴 게 죽음밖에 남지 않았다고 해서 저 자신을 가꾸지 않을 이유는 없잖아요?"

안나가 말문을 열었다.

호수의 여신

"그런 생각은 하지 않았습니다."

제레미는 뜨끔했지만 침착하게 부정했다.

"저쪽에 앉아서 이야기할까요?"

빙긋 웃어 보인 안나가 제레미를 정자로 안내했다. 두 사람은 마주 보며 앉았다.

"만나 주셔서 감사합니다."

"행성 간 분쟁 협상가께서, 의료 시설에서 방 하나 가지고 사는 노인네에게 찾아오실 이유가 뭘까요?"

안나의 질문에는 이미 그가 자기를 찾아온 까닭을 안다는 뜻이 담겨 있었다. 호수의 오랜 팬이라면 호수가 행성 호수에 우주선 정비소 건설을 거부하는 걸 모를 리가 없었다.

"실례일 줄 압니다만 호수 씨와 어떤 관계인지 여쭙고 싶습니다."

"관계요? 팬과 가수죠. 달리 뭐가 있겠어요?"

안나가 황당한 표정을 지었다.

"안나 씨라면 호수 씨가 왜 우주선 정비소 건설을 거부하는지 아실 겁니다."

"물론 알죠. 사유지는 주인의 허가 없이 정비소를 건축할 수 없어요. 호수는 그 이유로 거부하고 있어요. 하지만 그 외에 숨겨진 다른 이유가 있으리라는 전제하에 그 이

유를 아느냐고 물어본다면, 모릅니다."

제레미는 모를 리가 하고 속으로 중얼거렸다. 그는 일
단 말머리를 돌렸다.

"호수 씨에게 힘다중앙공연장을 대관하게 해 드리겠다
고 했습니다."

안나의 눈동자에 기대가 떠올랐다.

"거절하더군요."

안나는 안타까운 듯 눈을 내리깔았다. 그게 다였다.

"단도직입적으로 말씀드리겠습니다. 저는 안나 씨에게
호수 씨를 설득해 달라고 부탁드리려 왔습니다."

"네? 왜 저에게요?"

"두 분은 특별한 사이니까요."

"아까도 무슨 관계냐고 물으시던데, 저는 호수의 수많
은 팬 중 한 명일 따름이에요."

"호수 씨가 12년 전부터 7월 29일에는 꼭 콘서트를 열
어 온 것 아시죠?"

"네."

"안나 씨의 생일 아닌가요?"

안나의 눈이 동그래지더니 이어 웃음이 번졌다.

"호수가 제 생일에 맞춰서 콘서트를 연다고요? 말도 안
되는 소리 하지 마세요. 당연히 우연이죠. 저야 해마다 생

일 선물을 받은 양 기뻤지만요."

제레미는 당황했다. 아무리 봐도 안나가 거짓말을 하는 것 같지 않았다.

"전 우연이라고 보지 않습니다. 기부 관련 막말 논란까지 일었던 호수가 유일하게 기부한 곳이 제이다의 의료 시설입니다. 그것도 홍안나 씨가 이주 신청을 한 뒤의 일이죠. 안나 씨라면 호수를 설득할 수 있을지도 몰라요. 쉐인이 호수 씨의 과거 히트곡들을 리메이크했습니다. 그곡들이 열다섯 개 행성에서 음원 차트 상위권에 올랐습니다. 다섯 곳에서는 1위를 했죠. 이때 호수가 험다중앙 공연장에서 원곡을 부르면…."

"쉐인에게 호수의 노래를 부르게 해서, 원곡을 지운 건 제레미 씨잖아요?"

안나가 상냥한 목소리로 전혀 상냥하지 않은 내용을 말했다.

"쉐인은 자기 오리지널 곡도 불렀습니다. 리메이크한 노래가 그 정도로 히트칠지는 예상할 수 없었어요."

"하지만 그걸 바라셨죠. 호수가 홀로그램 가수를 얼마나 싫어하는지 알기에 홀로그램 가수가 그의 노래를 부르게 해서 호수를 지웠어요. 봐라, 홀로그램 가수가 진짜보다 더 대단하지. 인정 못하겠으면 나와서 증명해 봐, 덤으로 우리에게 우주선 정비소 자리도 내주고 말이야. 마치 당신들이 호수에게 당연히 받아야 할 권리처럼요. 호수가 웜홀관리국에 빚이라도 졌나요? 나도 행성 호수를 구입하는 모금에 참여했어요. 그건 팬들이 호수를 위해서 준 선물이에요. 당신들은 아무 권한도 없지 않나요?"

안나의 목소리는 여전히 부드러웠다. 중요한 건 내용이지 언성이 아니었다.

"정말로 호수와 아무 관계도 없습니까?"

안나는 확고한 표정으로 그렇다는 뜻을 보였다. 잠시 생각한 제레미가 말을 이었다.

"그래도 오랜 팬으로서 호수가 과거의 명성을 되찾길 바라지 않으세요? 이번 의뢰를 맡은 뒤 그의 공연들을 보았죠. 물론 조사를 위해서였지만, 조사만을 위해서라면 밤을 꼬박 새우며 볼 필요까지는 없었습니다. 전설적인 가수라는 게 헛된 명성이 아니더군요. 호수는 공연계에서 완전히 은퇴한 게 아니에요. 여전히 콘서트를 열고, 그의 음악이 널리 알려지길 바라죠. 그럴 기회를 주겠다는 거예요."

"남의 사유지에 우주선 정비소를 짓고 싶다는 이야기를 거창하게 하시네요."

"호수 씨를 위해 좋은 선택을 하시길 바랄 뿐입니다."

"전 호수의 수많은 팬 중 하나일 뿐이에요. 호수가 왜 제 말을 듣겠어요?"

"저번 공연에서 앙코르 요청을 한 유일한 팬이시죠. 호수는 안나 씨 한 명뿐임을 알고 있었어요. 그리고 안나 씨가 요청한 노래를 불렀죠."

안나의 뺨이 봉선화처럼 붉게 물들었다.

"제 앙코르 곡에 화답한 건 3년 만이에요. 앙코르는 팬마다 다른 곡을 바라죠. 호수는 여러 노래를 돌아가며 부르거든요. 전 늘 '이름 모를 소녀에게'를 신청해요."

100살이 넘은 노인이 사춘기 소녀처럼 기뻐하는 모습은 제레미에게 다소 생소한 감수성을 건드렸다. 단 한 사람을 위해서라도 노래할 수 있다는 말을 막연하게나마 알 것 같았다. 그는 마음을 다잡았다.

"저는 지푸라기라도 잡는 심정으로 안나 씨를 찾아왔습니다. 호수 씨에게는 가족이 없더군요. 호수 씨의 부모님은 시설이 열악한 요양원에서…."

"어떤 스타를 좋아한다고 하면 그 스타에 대해 안 좋은 소리를 하는 사람들이 있어요. 실체를 모르고 좋아하는 거라 실체를 알면 마음이 식을 거라는 듯이요. 왜 그러는지 모르겠어요. 남이사 누굴 좋아하든 무슨 상관일까요? 그리고 세상에 단점 없는 사람이 있나요? 전 103살이에요. 설마 호수가 완벽한 사람이라 아직도 좋아하겠어요?"

"호수 씨에 대해서 좋지 않은 이야기를 하려던 건 아닙니다."

"그런데 하셨네요. 굳이 '열악한'이라고 하실 필요가 있었나요? 그 요양원이 어떤 곳인지는 제대로 조사해 보셨어요? 전 제이다에 오기 전 여러 시설을 찾아봤어요. 호수의 부모님이 있던 곳을 포함해서요. 호화롭지 않은 뿐, 열악한 곳은 아니에요. 호수의 부모님이 오면 호수가 기부할 걸 기대했던 요양원 직원들이 호수가 면회 한 번 안 오자 언론 플레이를 했던 거예요."

"어쨌든 호수는 부모님을 더 좋은 곳에 모실 수도 있었습니다."

"가족과 연을 끊고 싶다고, 가족들이 어떻게 살든 절대 돌아보지 않으리라는 생각을 단 한 순간도 해 본 적 없다면, 제레미 씨는 현자거나 축복받은 삶을 살아왔거나 당신 자신이 가족에게 돌아보고 싶지 않은 대상인 겁니다. 그 문제를 거론한 언론사와 비난하는 댓글을 단 사람들에게 말하고 싶네요. 너나 부모님께 효도하세요."

"페가수스 우주 정거장에도 의료 시설이 있습니다만, 거기서 치료하기에 무리인 중병의 경우 환자의 빠른 이송을 위해서도 도스 웜홀이 필요합니다."

제레미는 화제를 돌렸다. 호수에 대한 정보에서 수십 년 된 팬을 능가하는 건 불가능했다.

"냉동 이송을 하면 되잖아요."

"3년을 허비하는 겁니다."

"3년이 흐른다고 3년을 늙는 게 아니잖아요? 그리고 냉동이 어때서요? 솔직히 전 제이다에 냉동 이송으로 오고 싶었어요. 긴 여행을 하기엔 늙었거든요. 그런데 웜홀이 발견된 이후 1년 미만은 냉동을 하지 않는다더군요."

"그 시간을 기다려야 하는 가족들과 친구들을 생각해 보세요."

"제레미 씨는 타인을 위해 어떤 헌신을 하고 사시는지 궁금하네요."

"행성 호수는 지구의 위성인 달의 150퍼센트 크기입니다. 거기에 정비소 하나 짓는 데 헌신까지 필요한가요?"

"페가수스 우주 정거장은 우주 탐사와 개발에 중대한 역할을 맡았죠. 그래서 지구의 갑부들이 우주 정거장 건설 비용을 보탰나요? 누구든 그 사람들에게 당신들은 기부금 좀 낸다고 통장에 축날 일 없으니 기부해 달라고 요청했나요?"

"행성 호수는 상황이 다릅니다. 도스 웜홀을 이용하려면 행성 호수가 반드시 필요해요. 호수 씨에게 그 어떠한 불편도 없도록 하겠습니다. 호수 씨는 행성 호수에 우주선 정비소가 있는 줄도 모르게 조용히 운영하도록 약조합니다. 계약서에 해당 조항을 넣을 수도 있어요."

"호수가 싫다잖아요."

"싫을 이유가 없잖습니까? 호수 씨가 바라는 조항은 다 넣어 드리겠다니까요? 험다중앙공연장에서도 공연할 기회를 드리겠다고도 했고요. 이 이상 뭘 어떻게 해야 합니까? 아무리 큰돈을 불러도 싫다고 하고, 네, 돈이야 충분하겠죠."

"호수가 바라는 건 자기 행성을 내버려 두라는 거 딱 하나잖아요."

제레미는 아랫입술을 물었다. 안나가 호수와 아예 모르는 사이라는 사실에 당황했고, 막다른 길에 몰렸다는 위기감에 말이 빨라지고 톤이 높아지고 있었다. 그가 마음을 가다듬는 동안 안나가 말을 이었다.

"도스 웜홀이 발견된 후 많은 기자들이 페가수스 우주 정거장과 웜홀관리국의 편만 들며 호수를 이기적인 고집불통이라고 비난했어요. 더 많은 이용금을 받으려는 수작이라는 이들도 있었죠. 그런데 애초에 행성을 판 건 행성관리국 아닌가요? 페가수스든 웜홀관리국이든 행성관리국이든 그 나물에 그 밥, 결국은 같은 사람들이 일하는 곳이죠. 자기들이 별 가치 없으리라는 전제하에 팔아 놓고, 이제 와서 왜 이러는 걸까요? 답은 돈이죠.

험다가 왜 중앙공연장을 기꺼이 대관해 주겠다고 할까요? 도스 웜홀을 쓸 수 있으면 더 많은 관광객이 몰려서 더 많은 돈을 벌 수 있으니까요. 그런데 행성 험다가 돈이 부족한 곳인가요? 가장 부유한 행성 중 하나잖아요.

도스 웜홀이 급한 환자 이송에도 쓰이겠죠. 하지만 그런 일은 극히 드물 거예요. 더 많은 행성에 더 빨리 가서, 얼른얼른 개발해서 더 많은 돈을 버는 게 진짜 목적이잖아요. 돈이면 다라고, 돈을 벌기 위해서 별짓을 다하는 게 어느 쪽이죠? 다수의 이익을 위해서 소수가 희생하라는 거잖아요."

"말씀이 지나치십니다. 희생이라니요."

"그 사람들이 돈 벌자고 우리 호수 괴롭히는 거잖아요. 이기적인 고집불통이 어느 쪽인지 묻고 싶네요."

상황과 어울리지 않는 은은한 바람이 제레미의 귓가를 간지럽혔다. 제레미는 감정을 조절하기 위해 애썼다.

"안나 씨의 말은 분명 일리가 있습니다."

"이제 와서 공감하는 척하지 말아요. 도스 웜홀이 발견된 후 호수가 얼마나 시달렸는지 알아요? 과거 호수의 말과 행동을 계속 기사화했죠. 애초에 인성에 문제가 있는

사람이라며…. 노래할 때의 모습은 다 가식이고, 스태프
들에게 폭언하는 모습이 실체다? 제레미 씨는 사업상 교
섭할 때와 가족이나 친구와 있을 때 보이는 모습이 완전
히 똑같나요? 일이 잘 풀리고 기분이 좋을 때는 누구나
좋은 모습을 보이죠. 살다가 막다른 곳에 몰려서, 말다툼
을 하다가, 어떤 이유로든 막말 한 번 안 해 본 사람이 있
을까요? 제레미 씨는 이제껏 살면서 단 한 번도 욕하고
싸운 적 없나요? 사람은 누구나 다양한 면모가 있어요.
호수는 여러 모습이 박제되었을 뿐이에요. 사람들이 왜
호수가 대중들 앞에서 보인 모습은 다 가식이라고 말하
는지 아세요? 사람들은 안 좋은 모습이 그 사람의 본질이
라고 믿거든요."

"안나 씨, 저는 호수 씨를 비난하려는 게 아닙…."

제레미에게 발언권을 뺏길 새라 안나는 바로 이야기를
이었다. 차분했던 톤은 차츰 사라지고 그간 쌓인 한풀이
라도 하듯 말을 쏟았다.

"호수가 이따금 거친 표현을 쓴 건 사실이지만 욕을 한
적은 없어요. 술에 취해 몸을 가누지 못하는 모습이 파파
라치에게 찍힌 적은 있지만 한 번도 음주운전은 하지 않
았어요. 취한 채 시동은 걸었지만 차는 움직이지 않았다
고요. 매니저가 올 때까지 추워서 히터만 틀 생각이었다

고 했어요. 제가 팬심에 눈이 멀어서 호수가 하는 말은 다 믿는 거라면, 무작정 호수를 비난하는 사람들은 성공한 사람에 대한 맹목적인 질시인가요?

약혼과 파혼? 전 두 번 이혼했어요. 가족과 절연한 거? 맙소사, 정말로 세상 모든 가족들이 다 화기애애하다고, 그래야만 한다고 믿는 건 아니죠? 가족 간의 내밀한 관계는 타인은 모르는 거예요.

호수든 누구든 타인을 비난하긴 쉬워요. 하지만 그럴 만한 속사정이 있을 거라고 믿는 건 어렵죠. 전 호수를 택했어요. 호수가 일개 팬인 제 말을 들어줄 리도 없지만, 그런다고 해도 호수를 설득할 마음 없다고요. 세상에, 호수가 앙코르에 화답 한 번 한 걸 가지고 제 뒷조사를 해서 여기까지 찾아오다니, 이게 무슨 짓이에요? 호수는 평생 이렇게 시달리며 살아온 거예요. 하루 24시간을 감시당하는 삶을 상상해 본 적 있나요? 호수가 혼자 편하게 살고 싶다면, 그러게 내버려 두라고요!"

제레미는 더 말을 붙이지 못하고 의료 시설을 나왔다.

"그 가수에 그 팬이라고, 둘 다 고집은…."

터덕거리는 마음으로 우주선으로 돌아온 제레미는 호수의 천 번째 콘서트, 앙코르 영상을 틀었다. 여러 번 공연을 봤기에 그도 이제는 호수의 미묘한 표정 차이를 읽을 수 있었다. 앙코르 요청을 확인하자, 활짝 핀 꽃에 고인 빗물, 거기에 떨어지는 미세한 빗방울 하나가 만들어내는 섬세한 파문처럼 호수의 얼굴에 그를 잘 아는 이들만이 알아볼 따뜻한 웃음이 번졌다. 신청곡인 '이름 모를 소녀에게'는 호수가 작사, 작곡을 배우기 시작하며 만든 세 번째 노래였다. 그는 200곡이 넘는 히트곡을 가지고 있으나 이 곡은 한 번도 순위권 진입을 하지 못했다. 호수도 딱히 이 노래를 흥행시키려 노력한 바 없었다. 하지만 이 노래를 사랑하는 소수의 팬들이 있었다.

"가식이 아니라면…."

제레미는 호수의 초기 영상들을 틀었다.

「단 한 명이라도 제 노래를 들어주는 이가 있다면 전 계속 노래할 수 있어요.」

전설급의 히트를 쳤던, 다른 말로 정상의 맛을 아는 가수였다. 설사 저 말이 거짓이 아니더라도 많은 팬을 바라지 않을 리 없었다.

"그렇지 않다면 저렇게 꾸준히 콘서트를 열 이유가 없잖아."

그는 잠시 생각하더니 말했다.

"호수의 매니저를 연결해 봐."

"네."

매니저의 홀로그램이 나타났다.

「아, 제레미 최 선장님! 제가 호수 님에게 고소를 취하하라고 설득하고 있습니다. 양쪽 모두 원만하게 합의로….」

"홍안나 씨에 대해서 알아?"

「저는 호수 님의 매니저입니다. 공연 요청을 하실 게 아니면….」

매니저의 표정과 목소리가 사무적으로 바뀌었다.

"난 호수를 법정으로 끌고 오고 싶지 않아. 그래 봐야 일만 악화될 뿐이지. 당연히 너도 그걸 바라지 않을 거 아냐. 타협점을 찾아보자는 거야."

한참을 주저하던 매니저의 입이 열렸다.

「홍안나 님은 제가 호수 님의 매니저가 되기 전부터 호수 님의 팬이었죠.」

"열성 팬인가?"

「호수 님의 음원을 모조리 다운 받고, 친구들에게 선물하고, 뮤직비디오를 반복 재생하며 조회수를 올리고, 굿즈와 호수 님이 광고하는 물건을 사고, 콘서트에 오는 정도였죠. 보통 팬이었어요.」

"그 정도가 보통 팬이면 열성 팬은 어느 정도인 거지? 아니, 대답하지 않아도 돼. 그게 중요한 게 아니야. 홍안

225

나 씨의 생일이 7월 29일이던데? 그래서 호수가 7월 29일이면 콘서트를 여는 건가?"

「아마도요.」

"안나 씨는 자기 생일에 맞춰서 연다고 생각하지 않는 눈치던데?"

「네, 호수 님이 티를 내신 적은 없으니까요. 저희 호수 님이 말은 험해서도 내면은 순수하세요. 부끄러워서 티를 못 내시는 걸 거예요.

호수 님이 데뷔했을 때 안나 님은 스물한 살로 누나 팬이었죠. 사는 데 바쁠 때면 잠시 호수 님의 공연을 챙겨 보지 못하다가, 힘들 때는 돌아와 호수 님에게 격려 받고, 다시 사랑하고 응원하며 살아온 세월이 82년이에요. 상상이 가시나요? 저는 안나 님의 건강이 걱정이에요. 오래오래 사셔야 할 텐데….」

"행성 제이다는 의료 전문 행성이지. 안나 씨는 어디가 아픈 거지?"

제이다의 의료 시설에서 지내느니만큼 아프다는 건 짐작했다. 다만 정확한 병명까지 조사하지는 않았다. 뒷조사에도 적정선이라는 게 있었다.

「현대 의학으로 늦출 수는 있지만 영원히 막을 수는 없는 것, 노화죠. 안나 씨는 제이다의 노화 전문 의료 시설에서 지내세요. 그곳은 연명 치료를 거부하고, 당장의 고통을 줄이는 치료만 받으며 자연스러운 죽음을 기다리는 이들을 위한 곳이거든요.

저는 안나 님의 건강이 늘 걱정이에요. 안나 님은 앞으로 몇 년을 더 살 수도, 몇 달밖에 못 살 수도 있어요. 아무도 예측할 수 없죠. 82년을 함께한 사람이 어느 날 떠난다면 그 상실의 크기는 어느 정도일까요? 호수 님의 건강도 예전 같지 않으니까요. 사실 이미 많은 팬이 떠났답니다.」

매니저가 한 떠났다는 말은 죽었다는 말이었다. 충분히 그럴 수 있는 나이였다.

"안나 씨는 호수에게 왜 특별한 거지?"

「안나 님에게 그 많은 스타들 중에서 왜 호수 님이 특별했을까요? 아무도 알 수 없죠. 마찬가지예요. 팬만이 가수를 사랑하는 게 아니에요. 스타의 일부만 보고도 사랑하는 게 팬이라면 스타도 잘 모르는 팬에 대해서 막연한 감정으로 사랑할 수 있는 거예요.」

"호수는 안나 씨의 존재를 어떻게 알게 된 거지?"

「호수 님은 팬레터를 삭제하신 적이 없어요. 행성 호수에 온 뒤 이따금 무작위로 몇 개씩 읽곤 하셨죠.」

"팬이 줄어드는 만큼 팬레터도 줄어드는데, 안나 씨는

꾸준히 팬레터를 보냈고 그래서 눈에 띈 거군?"

「정답입니다! 어느 날 호수 님은 안나 님이 이제껏 보낸 팬레터를 순서대로 읽으셨죠. 거기에는 안나 님의 인생이 담겨 있었어요. 안나 님은 팬레터에서 일기처럼 일과를 이야기하셨거든요. 특히 힘든 일이 있을 때면 호수 님의 노래를 들으며 위로받는다고 했어요. 안나 님이 삶에서 버거운 시간을 보낼 때 호수 님의 노래가 격려가 되었듯, 호수 님도 외로운 순간마다 안나 님의 팬레터에서 위안을 얻으셨던 거예요. 스타와 팬이기에, 그 어떤 개인적인 관계로도 얽히지 않았기에 오히려 서로가 서로의 열렬한 지지자가 될 수 있는 거죠. 로봇인 제가 이런 말해도 될지 모르겠지만 배우자도 그렇게까지는 못 해 줄 거예요.

안나 님은 제이다로 가기로 결정하면서 몹시 슬퍼하셨어요. 제이다에서는 행성 호수에서 열리는 공연을 실시간으로 볼 수 없거든요. 지구에서 행성 제이다는 체감 시간으로 11개월, 실제 시간으로는 2년이 걸리죠. 호수 님은 안나 님이 행성 제이다로 가는 동안 제이다에 기부해서 기지국을 세우셨어요. 안나 님이 도착해서 기지국을 볼 생각만으로도 즐거워하셨어요.」

"그거였군!"

「네?」

"나중에 다시 연락하지!"

무언가 떠오른 제레미가 통신을 끊었다. 그는 행성 제이다와 행성 호수의 위치를 확인했다. 도스 웜홀을 활성화하면 전파 간섭이 일어나 행성 호수에서 행성 제이다로 바로 통신이 불가능했다. 다른 행성을 우회해야 했는데, 그럼 홍안나는 제이다에 기지국이 세워지기 이전처럼 호수의 공연을 실시간으로 보는 길이 막혔다.

5. 고집불통 VS 고집불통

제레미가 생각해 낸 방법은 행성 호수와 행성 제이다 사이의 무인 행성 G-1974에 기지국을 건설하는 것이었다. 하지만 웜홀관리국과 페가수스 우주 정거장에서는 난색을 표했다. G-1974가 무인 행성인 건 사람이 살기 적합하지 않기 때문이었다. 일단 공기층이 없었다. 그런 곳에 기지국을 건설하는 건 위험하고 어려웠다. 다른 말로 공기층이 있고 이미 사람이 거주하는 곳과는 견줄 수 없는 금액이 소요되고, 그럴 예산은 없다는 소리였다.

"예산이 없는 게 아니라 예산을 배정할 의지가 없는 거겠지. 그러니까 한 사람에게 웜홀관리국과 페가수스 우주 정거장에서 필요한 정비소 건설 부지를 요구할 수는 있어도, 한 사람에게 필요한 기지국을 지어 주는 건 거절한다? 하!"

웜홀관리국과 페가수스 우주 정거장과 통신을 마친 제레미가 허탈한 한숨을 뱉었다.

「그 사람들이 돈 벌자고 우리 호수 괴롭히는 거잖아요. 이기적인 고집불통이 어느 쪽인지 묻고 싶네요.」

안나의 말이 귓가에서 쟁쟁 울렸다.

제레미는 웜홀관리국과 페가수스 우주 정거장에 연락하기 전에 호수의 매니저에게 만약에 행성 제이다에 호수의 콘서트 영상을 바로 송출할 수 있다면, 호수가 우주선 정비소 건설을 허가해 줄지 물었다. 매니저는 반신반의하는 목소리로 대답했다.

「호수 님에게는 제가 어떻게 말을 해 볼 수는 있습니다만, 그쪽에서 선선히 하려 들까요?」

"인공지능도 아는 걸 모르고 있었네."

제레미의 눈이 제피에게 향했다.

"좋은 방법이 있을까?"

"호수의 자존심을 건드리지 않는 명분부터 찾아야죠."

"끄응…."

제레미의 입에서 절로 앓는 소리가 나왔다. 행성 간 분쟁은 대부분 이권 싸움이었다. 행성 호수에 얽힌 일은 이권만으로는 접근할 수 없기에 그가 이제껏 해온 일 중 가장 난해했다.

* * *

험다중앙공연장의 무대 중앙에 서서히 빛이 밝혀졌다. 거기에 20대 초반의 모습을 홀로그램으로 덧씌운 호수가 서 있었다. 첫 곡은 리믹스 한 '이름 모를 소녀에게'였다. 무명의 가수가 늘 자기 무대를 찾는 구석자리의 소녀에게 부르는 노래로, 호수가 이 곡을 앙코르가 아닌 정식 무대에서 부르는 건 처음이었다. 노래에 맞춰 어린 소녀가 무대에 올라왔다. 무대 배경에는 호수의 그간 공연 중 엄선된 장면이 시간순으로 펼쳐졌다. 배경에서 등장하는 호수가 나이들 듯 소녀는 여인으로 자랐다. 호수의 홀로그램이 벗겨졌다. 호수는 무대용 메이크업만 한 본래의 모습으로 노래했고, 여인은 레지나가 되었다. 호수의 노래가 끝나자 레지나가 다음 곡을 불렀다. 마치 호수를 동경한 소녀가 자라서 가수가 된 듯한 연출이었다.

이어 호수와 레지나가 같이 부르거나 혼자 나와 따로

부르는 노래들이 이어졌다. 호수는 신곡, 예전 노래의 리믹스 버전, 쉐인과 레지나의 노래를 리메이크해서 선보였다. 레지나 또한 호수의 노래를 리메이크했고, 서로 상대의 노래를 함께 부르기도 했다.

콘서트 중간에 사회자가 나와서 호수에게 홀로그램 가수를 실체 없는 그래픽이라고 평하지 않았느냐는 질문을 던졌다. 그 뒤에 이어진 홀로그램 가수의 팬들에 대한 막말은 생략했다. 호수의 얼굴에 어둠을 몰아내는 아침 햇살 같은 웃음이 번졌다.

"전 그때 오만했습니다. 여기 레지나가 제 어리석음을 일깨워 주었죠. 전 아흔일곱 살이지만 아직도 스스로를 젊다고 느낍니다. 젊다는 건 변화하고 발전하고 과거의 실수를 바로잡을 기회가 있다는 거죠."

호수와 레지나의 합동 콘서트는 모든 행성에 공연 관람권을 줘야 한다는 취지의 자선 콘서트였다. 콘서트로 올린 수익과 이 콘서트에서 발표한 신곡의 수익 절반은 기지국이 없어 실황으로 콘서트를 보지 못하는 행성을 위한 기지국 건설에 쓰이기로 했다. 콘서트 전후로 별도의 모금 운동도 벌였다.

합동 콘서트는 대성공이었다. 동시 관람객 수가 무려 300억 명으로, 험다중앙공연장의 최고 기록을 세웠다. 둘의 노래도 많은 행성에서 높은 순위권에 올랐다.

　행성 호수에서 호수는 열기가 감도는 눈으로 각 행성
의 노래 순위를 살폈다. 그의 입꼬리가 위로 길게 올라갔
다. 그가 발표한 쉐인의 리메이크 곡이 원곡을 능가한 것
이다. 쉐인의 원곡은 히트 치지 못한 곡이었기에 더 뜻깊
은 성과였다. 애초에 그걸 노리고 그 곡을 골랐지만….

　물론 호수 혼자 리메이크한 건 아니었다. 호수는 그를
직접 겪어 본 바 없는, 그를 전설적인 가수로 그저 무대
와 노래로만 접한 젊은 작곡가, 작사가, 안무가, 무대 연
출가와 팀을 짰다. 그들은 호수를 우러르며 각 행성별 선
호하는 노래 스타일, 최신 유행 장르를 설명하며 호수의
노래에 현대적인 감각을 입혔다. 호수는 그들을 온화하
게 대했다. 젊은 스태프들은 그간 호수에 대한 평이 악의
적으로 편집된 기사라며 호수를 추켜세웠다. 거기에는
매니저의 숨은 공로가 있었다. 매니저는 44년 만에 호수
가 행성 호수를 나와서, 그것도 홀로그램 가수인 레지나
와 공연을 여는 과정을 다큐멘터리로 찍자고 제안했다.
카메라 앞에서 호수는 언제나 완벽했다. 호수가 구설수
에 오른 건 모두 몰래 찍힌 영상으로 인해서였다.

　모처럼 수많은 카메라와 추종자들에게 둘러싸여 한껏

들뜬 호수는 그의 의견에 대한 직접적인 반대에도 차분하고 여유롭게 대처했다. 강하게 자기주장을 펼칠 때도 있었지만 억지를 부리지는 않았다. 놀랍게도 호수는 강한 의견 제시와 억지의 선을 분명하게 인지하고 있었다.

* * *

"다시 말씀드리지만 제 일은 끝났습니다. 호수는 행성 호수에 우주선 정비소를 건설하는 데 동의했습니다."

「기왕 건설할 거, 조금만 당기자는 거 아닌가.」

"다른 협상가를 찾으세요."

「왜 이리 고집인가. 웜홀관리국에서 추가금을 지급하기로 이야기를 마쳤네.」

'고집은 누가 부리는 건지….'

속마음과 달리 제레미의 표정은 예의 바르면서 사무적이었다.

「당장 호수가 콘서트를 열 계획이 있는 것도 아닌데, 정비소 건설과 기지국 건설을 동시에 하지 못할 이유가 뭔가? 왜 기지국 건설을 마치고 정비소를 짓겠다는 거야? 그리고 정비소 바깥으로는 절대 나가면 안 되고, 유리창도 불가하다? 바깥을 보지도 말라는 건가?」

"저도 도와드리고 싶습니다. 하지만 다른 일을 이미 맡았습니다. 그러지만 않았다면 기꺼이 했을 텐데, 저도 안타깝습니다."

「오래 걸릴 일인가?」

"행성 간 분쟁이 그러하듯 최소한 1~2년은 잡아야 할 일이지요. 어느 행성인지 말씀 못 드리는 점은 양해 구합니다. 비밀 서약을 비롯한 계약서를 이미 작성해서요."

가까스로 통화를 끝낸 제레미가 담배연기 같은 긴 한숨을 뿜었다.

"질기네. 언젠 정비소만 건설한다면 다른 부분은 다 양보한다더니."

호수는 기지국 건설이 완료된 후에 우주선 정비소 건설을 시작하겠다고 말했다. 시험 가동을 통해 아무 문제가 없음을 확인한 뒤 웜홀을 활성화시키고 싶은 건 당연한 일이었다. 정비소에는 법에서 명시된 화장실과 휴게소까지만 허락했다. 창문을 안 된다고 한 건 심했지만….

제레미는 쓰게 웃었다. 호수는 대기가 없는 행성의 연구소들이 그러하듯 답답하면 홀로그램 창문을 설치하라고 말했다.

"추가로 부른 액수가 기존 계약금을 초과하는데 정말 안 맡으실 거예요?"

제피가 물었다. 제레미가 다른 일을 맡았네 운운한 건 거짓말이었다. 그냥 맡기 싫어서 거절한 것이다.

"나도 고집 좀 부려 보려고. 이 일은 여기서 끝내고 싶네. 사유지잖아. 내주는 걸 고맙게 알아야지, 뭐 맡겨 놓은 사람들처럼…."

제레미가 혀끝을 찼다.

"개발의 논리가 본디 그러하죠."

"그렇지. 호수니까 이만큼 버틴 거지."

도로나 댐을 짓기 위해, 지하철, 기차역 등이 들어설 때, 오래된 주거지를 재개발할 때 원래 살던 주민들이 얼마나 무자비하게 쫓겨나고 삶이 피폐해지는지 알기 위해 지난 역사를 들춰볼 필요까지는 없었다. 현재도 자행되는 일이었다.

제레미는 호수와 레지나의 합동 콘서트 영상을 틀었다. 마지막은 호수의 독무대였다.

「이번 콘서트의 마지막 곡은 제 팬클럽인 비비안들에게 바치는 노래입니다. 이 무대에서 처음 선보이네요. 제목은 '7월 29일, 당신을 기억하는 날'입니다. 단 한 명이라도 제 노래를 들어주는 팬이 있다면 저는 계속 무대에 설 것입니다. 비비안들, 건강한 모습으로 또 만나요!」

작가의 한마디

판소리를 SF로 쓰자는 기획안과 후보로 받은 판소리 목록을 보자마자 <옹고집타령>에 꽂혔다. 전통적으로 고집은 부정적인 의미로 쓰였지만, 뚝심처럼 어려운 일을 해내는 의지로 읽힐 수도 있다고 생각했다. 종종 그러듯 글은 처음 의도와는 다르게 쓰였지만 말이다.

막상 쓸 때는 별생각 없었는데 후기를 쓰는 지금 문득 언젠가 아름다운 호수와 숲을 낀, 커다란 창문이 있는 통나무집에서 온종일 글을 쓰며 살고 싶다는 생각이 든다.

글에 중요한 조언을 해 주신 박하루 작가님께 감사드린다.

판소리 에스에프 다섯 마당

1판 1쇄 인쇄 2023년 2월 28일
1판 1쇄 발행 2023년 3월 10일

지은이 곽재식, 김이삭, 김청귤, 전혜진, 박애진

발행인 김지아
표지 및 본문 디자인 Misoso

펴낸 곳 구픽
출판등록 2015년 7월 1일 제2015-27호
주소 서울시 광진구 동일로 459, 1102호
전화 02-491-0121
팩스 02-6919-1351
이메일 guzma@naver.com
홈페이지 www.gufic.co.kr

ⓒ 곽재식, 김이삭, 김청귤, 전혜진, 박애진, 2023

ISBN 979-11-87886-91-4 03810